2

Author 苗原 一
Illustrator 高峰ナダレ

The Hated Prince
Starts His Life Over Again

嫌われ皇子のやりなおし

辺境で【闇魔法】を極めて、最強の眷属と理想の王国を作ります

In the Frontier, the Prince Mastered Dark Magic.
After That, He Built the Ideal Kingdom and Strongest Clan.

セレーナ
滅びた帝国軍の団長だった
元アンデッド。
強力な魔法を用いるが、
世間知らずな一面も。
アレク
何故か七歳の頃に戻った第七皇子。
使えば悪魔になる【闇魔法】を
自在に使うことができる。

ユーリ
サイクロプスと人間の
ハーフだった魔族。
鍛冶や道具制作が得意。
エリシア
元オークだった魔族。
アレクの事を溺愛する
側付きの騎士。

???
アレクの中にいる悪魔。
なぜかアレクの体を
乗っ取ることができないポンコツ。

嫌われ皇子のやりなおし

辺境で【闇魔法】を極めて、最強の眷属と理想の王国を作ります

2

Author
苗原 一
Illustrator
高峰ナダレ

The Hated Prince
Starts His Life Over Again

In the Frontier,
the Prince Mastered Dark Magic,
After That, He Built the Ideal Kingdom and Strongest Clan.

一話　領地を得て

「……よし、完成だ。さっそく持ってみて」

俺はミスリルのブレスレットをティカとネイトに渡す。

一か月前新たな仲間となった修道服の二人――ティカとネイトは、その紋様が刻まれたブレスレットを見て目を輝かせた。

これは鍛冶(かじ)に精通した眷属(けんぞく)ユーリが作ったブレスレット。しかし、ただの装身具ではなく、たった今、俺がある魔法を付与した魔導具だ。

「ありがとうございます……それじゃあ早速嵌(は)めて」

ティカは自分の腕にブレスレットを装着する。

すると、すぐにすっと姿を消した。

「成功ですね」

金色の髪の美女――エリシアはそう言った。俺の最初の眷属であるエリシアは、眷属たちのまとめ役のような存在でもある。

エリシアの声に、俺は頷(うなず)く。

このブレスレットは《隠形(ハイド)》を付与した魔導具だ。姿や音、気配を隠すことができる。

ユーリと大きさや形を調整して、ようやく人一人を隠せるものができた。一応、ゴーレム用のものも作る予定でいる。

ともかく、これがあれば俺がいなくても、皆姿を隠せるというわけだ。

名前は、《影輪》とでも名付けるかな。

同時に再びティカが姿を現す。

「本当に見えなくなるんですね！　これなら――きゃっ!?　ちょ、ちょっと、ネイト！」

突如ティカは声を上げた。よく見ると胸の部分が不自然に……。

すぐにティカが怒声を上げて何かを取り上げると、ティカの後ろから抱き着くネイトが姿を現した。

「もう！　アレク様の前でふざけるんじゃない！」

「昨日のお返し」

エリシアはそんな二人に鋭い視線を向ける。

「二人とも……何故、それを与えられたか分かっているのですか？」

「まあまあ、エリシア！　ともかく姿も音も完全に消えている。聖属性の魔法がかけられない限りは大丈夫だろう」

ティカはあわててネイトを引き離して姿勢を正す。

「あ、ありがとうございます！　これがあれば、色々諜報活動もやりやすくなります！」

「後ろから忍び寄ることもできる」

ネイトもそう答えた。

天使との戦いから一か月。俺は自分の領地となったティアルスで、こうして魔導具作成に熱中していた。もちろん闇魔法の練習もしながらだが。

(下手をすればあんたより子供かもしれないわね……)

頭の中には呆れるような声が響いた。これは俺が闇の紋章を授かって以来、俺の中に勝手に住み着いている悪魔のものだ。

(まあ、幼馴染ってのはこういうものなんだろう)

俺もティカとネイトとだいぶ打ち解けることができた。

ティカとネイトには、諜報活動を担当してもらうことになった。何名か、隠密行動が取れそうな鼠人やスライムも選抜してもらっている。

なんでそんな物騒な部門が必要なのか。言うまでもなく至聖教団の動きや俺への陰謀を察知するためだ。

ゆくゆくは帝国内外の情勢を調べてもらったり、魔族や闇の紋章を持つ者たちの情報も集めてもらいたい。

失敗した時の二人のことを考えると乗り気ではなかったのだが、ティカとネイトも早く自分の出身の修道院の者たちを呼び寄せたいようで自分たちから提案してきた。

二人はもともと悪魔祓いだ。情報が来て悪魔を祓うだけでなく、闇の紋章の者たちを神殿へ保護する役目もあった。そのため情報収集能力にも長けている……と思いたい。

肘で互いを小突き合うティカとネイトを見て、俺は少し不安になる。

まあ、その不安を解消するために、影輪を作ったんだ。

「まあ、ともかく《隠形(ハイド)》の魔導具は完成だな。緊急回避のために、小さめの《転移(ワープ)》の魔導具があってもいいかも。攻撃を防ぐための《闇壁(シャドウウォール)》を付与したのもいいな。あとはあまり物が入らないだろうけど《黒箱(ブラックボックス)》の魔導具も……」

エリシアは微笑(ほほえ)ましそうに言う。

「アレク様、本当にたくさん魔導具を作りましたね！　街路に設置した《聖街灯》なんかは特に皆気に入ってます！」

「聖魔法でできた街灯だな。おかげで夜もすっかり明るくなった。皆のおかげで闇魔法以外も使えるようになったから、まだまだたくさん作れそうだ」

（強くて裕福な国を造るには便利な道具が不可欠だしね。もっとたくさん作るのよ！）

（お前が指示するな……）

頭の中の悪魔にそう答える。まあ実際この領地での生活を豊かにするには、魔導具が役に立つ。これからもたくさん作っていくつもりだ。

そんなことを考えていると、長い赤髪を後ろでまとめた美女——セレーナが執務室に駆け込んでくる。

「アレク様！　例のあれの設置が完成しました！」

「おお、あれができたか」

あれとは、俺が今朝方完成させた魔導具のことだ。道具、というには少し大きすぎる気がするが。

「よし、見に行こうか」

そうして俺たちは政庁を出て、目の前にある広場へ向かった。

中央に噴水のある広場。その広場には、大きな鼠である鼠人、鎧が本体の鎧族、髪が青い青髪族、スライムやゴーレムたちが集まっていた。

皆、噴水のほうを見ている。

「おお……おお！　――おおっ!?」

アルス島政庁の前の大広場。

そこでは目の前で眷属が消えては現れ、また消えていく。と思えばまた姿を現した。

「チュー！　すげえっす！　チュー！」

隣では、こちらも現れては消えるを繰り返す鼠人のティアが、わざわざ現れる度にポーズを変えてくれるので、見ていて飽きない。

そんな彼らの背後には、噴水盤の中に巨大な白銀の柱が聳え立っていた。高さだけで人の背丈の三倍はある大きな柱だ。

これが俺が完成させた魔導具だ。

俺は花草の紋様が彫られた柱を見上げて呟く。

「よし、成功だな」

隣で見ていたユーリが頷く。

「はい！　これで、私たちだけでもアルスとローブリオンを行ったり来たりできますね！」

この柱は、ミスリルで造られている。

他にも二本あって、一本はローブリオンの拠点の中庭に、もう一本は帝都に置く用で、今は俺の《黒箱（ブラックボックス）》の中にある。一度人気（ひとけ）のない帝都近くの森に設置し、すでに帝都と行き来できるのは実証済みだ。

つまり、これは転移魔法を使える魔導具……いうなれば、《転移柱》とも言うべきものだ。

「これだけのミスリルを集めてもらうのも大変だったろうが……よく、こんなものを作れたな」

神殿に使われるような大きさの柱だ。

巨大な鉄鎖を作っていたユーリたちだからできたことだろう。青髪族には超人的な腕力と鍛冶技術が備わっている。

感心していると、ユーリも少し驚いたような顔で言う。

「いやいや、アレク様のほうこそすごいですよ……この大きさの柱に《転移（ワープ）》を一瞬で付与しちゃうし、そもそもポンポン簡単に《黒箱（ブラックボックス）》に仕舞っちゃうし……」

「《転移（ワープ）》は使い慣れているから……《黒箱（ブラックボックス）》のほうは俺も驚いているよ。まさかあんなに入るなんて」

魔導具製作に熱中しながらも俺は闇魔法を訓練したり、実験したりした。

そのうちの一つが《黒箱（ブラックボックス）》にいったいどれだけの物が入るか、という実験だ。

アルスには幸い、海という無尽蔵の水場がある。

だから海水をひたすら回収し続けたのだが……湖まではいかないぐらい、大きな池ぐらいの水を回収した時、俺は恐ろしくなって実験を中断した。

とても限界が見えなかったのだ。

一度に回収できるのは、だいたいこの柱ぐらいの大きさや重さが限界のようだ。

しかしゆっくり回収していけば、限界というものはないのでは……そう思うほどの容量だった。

思い出して少しぞっとする俺だが、エリシアはユーリに向かって自慢げに言う。

「アレク様はまだまだすごくなります！　……色々、成長途上でいらっしゃいますから」

「子供扱いするんじゃない……」

そう答えると、俺の頭の中の悪魔はこう呟く。

（ま、まあ私の体だしね。まだまだ強くなるはずよ、きっと……）

こいつは闇魔法を練習しているとき、ずっと信じられないと言葉を漏らしていた。本当にポンコツな悪魔だ。

「ともかく、俺も試しにローブリオンに行くぞ……っと」

一瞬で、ローブリオンの中庭に到着する。

「いい拠点で助かった」

上空から見ると口の字の中にあたる部分、建物に囲まれた中庭だから、街からは柱や転移しているところは見えない。

すぐにエリシアとユーリも転移してくる。

「これでもっとミスリルの運搬が楽になります。アレク様がいらっしゃらなくても、私たちだけで運べますから！」

ユーリはそう答えた。

今までは俺が《黒箱（ブラックボックス）》を使ってミスリル鉱石を運んでいたが、これからはここまでスライムが運んでくれるだろう。

「あとは帝都にも置きたいが……柱を置くための拠点を確保しないとな。そのためには、もっとお金を用意して土地を手に入れないと」

商人などから帝都の家屋や土地を買い取るか借りるかしないといけないな。

でも帝都の土地は値段以上に人気が高く取得が難しい。

父は無理として、兄弟……例えば第四皇子ヴィルタスから手ごろな空き家をもらってもいいかも。

あの兄なら、金次第で譲ってくれるはずだ。

「……帝都に行く機会があったら会ってみるか」

そう呟くと、俺の頭の中で上機嫌な声が響く。

（帝都！　娯楽がいっぱいの我が愛（いと）しの都！）

帝都には何度も戻っているが、いつも修道院の闇の紋章持ちたちに会いに行くだけだ。こいつは競馬場なりに行きたいのだろう。

（しばらくは遊びには行かんぞ……）

悪魔にそう答えているとユーリが口を開く。

「大陸側に、巨大な貝がいるじゃないですか。たしかあれ、キラーシェルっていう魔物で」

「ほう。巨大な真珠をたまに落とすやつだな。ミスリルや金で指輪を作って取り付ければ」

「結構な額で売れそうですね……ふふふ」

俺とユーリは思わず顔をにやつかせた。

とはいえ、海辺の作業だ。できれば、水に強い眷属がいるといいんだがな。

俺の目的は、この地を俺のような闇の紋章の持ち主や魔族が安心して住めるような場所にすることだ。

機会があれば住人や眷属になってくれる者がいないか探してみよう。

そんな中、拠点の中から一人の青髪族の少年が走ってくる。

「あ、アレク様！　ちょうどよかった！　なんか、ローブリア伯から使いが来て！　すぐにローブリア伯爵の居城へアレク様が来るようにって！　皇帝の勅使が来ているらしい！」

「勅使、だと？」

皇帝の命を伝えに来た、ということか。

……恐らくは、俺を呼び戻そうとしているのだろう。

天使との戦いから一か月が経っている。

そろそろ、ティカとネイトによる俺の暗殺が失敗したと帝都のビュリオスが判断してもおかしくない……。

あいつが皇帝に言って、俺を呼び戻させたのかもしれないな。

すぐに俺は、ローブリア伯の居城に向かった。

ローブリア伯の居城の大広間。

その最奥の椅子は、本来ローブリア伯が座る場所だ。だが、今は白い法衣(ほうえ)に身を包んだ勅使が座っていた。

俺が跪(ひざまず)くと、勅使は立ち上がり高らかに宣(のたま)う。

「勅命である……第六皇子アレク。即座に皇宮へ帰還せよ」

「ははっ！」

一応、儀礼に則(のっと)り勅使に頭を下げる。

勅使も頭を下げるのを見て、俺は訊(たず)ねる。

「勅使よ、ご苦労……しかし、何故俺を？」

「陛下の御心を私などが察せられるはずもございません」

勅使はそっけなく答えた。

理由は言えないか。普通は何か理由を添えるものだが……。

これは、やはりビュリオスやルイベルの意向が働いていそうだ。

ともかく、今皇帝に逆らうわけにはいかない。

二週間後ぐらいに宮廷に一度戻るとしよう。

せっかく、アルスで悠々自適な生活ができると思ったんだがな。

そんなことを考えながらローブリア伯の居城を後にした。

俺の口からは深いため息が漏れた。

「……行かないと、そろそろ」

「今日で勅使と会ってから二週間。空路なら帝都に帰還してもおかしくない頃合いですね」

エリシアの声に俺は頷く。

「時間を巻き戻す魔法でもあればいいんだけどな」

そんな言葉が漏れると、エリシアが真剣な顔を俺に向ける。

「ご心労お察しいたします。ですが、アレク様。どんなことがあろうと、私がアレク様をお守りいたしますから」

「エリシア……」

宮廷の呼び出しがあってからこの二週間、エリシアは俺が寝た後、毎日のように礼儀作法の習得に打ち込んでいた。それだけでなく暇があれば、外では盛んに武術を鍛練する姿もあった。時には夜通しやっていることもあったから、さすがに強く咎(とが)めたこともあったほどだ。でも、それだけエリシアは俺のためを思ってくれている……。

ティカも片膝を突く。

「私たちも、陰に日向(ひなた)にアレク様をお守りします！」

「四六時中、ベッドの中も風呂の中もお守りします」

そう言ってくれるティカとネイトも訓練を絶やさなかった。

セレーナとユーリ、ティアもことあるごとに俺を気にかけてくれている。

セレーナとティアはちょっとうるさかったけど……ともかく。

俺が、弱音を吐いてちゃいけないな。

「ありがとう、皆。ともかく、宮殿へ向かおう」

だが、あまり大勢で行っても至聖教団なりを警戒させる。宮殿へはとりあえず、俺とエリシアだけで行くとしよう。

「ティカとネイトの諜報活動は、拠点ができるまでは待っていてほしい。父と会ったあとは、まず帝都に拠点を見つけることから始めるから」

俺の声にティカとネイトははいと答える。

諜報活動をするといっても、やはりいざとなったら逃げ込める場所が必要だ。

エリシアが訊ねてくる。

「宮殿のアレク様の部屋に待機させては？」

「宮殿の俺の部屋では手狭だし、聖属性の魔法が達者な近衛兵(このえへい)もいる。だから、転移柱もおける宮殿外の場所がいい」

「承知しました。宮殿にいる際は必ず私がアレク様をお守りします」

自信たっぷりな顔でエリシアは答えてくれた。

ネイトがぼそっと呟く。

「今、エリシア様、少し嬉(うれ)しそ」

「——なんのことでしょう!?　ともかくアレク様、一緒に行きましょう！」

エリシアはネイトの言葉をかき消すように言った。

「あ、ああ……それじゃあ、帝都に行くか」

俺とエリシアは、帝都へと《転移(ワープ)》するのだった。

二話　久々の帝都

再び、宮殿に戻ってきた。

俺は皇帝の間の前で、身なりを軽く整える。

やり直し前も何度もここに来たが、やはり憂鬱なものだ。嫌な思い出しかない。この中では俺は見世物のようなもので孤独をふつふつと感じてしまう。

しかし、エリシアが微笑んで言う。

「アレク様、いってらっしゃいませ」

エリシアの声に今の自分は一人じゃないことを思い出す。

……さっさと済ませて、アルスに戻ろう。場合によってはエリシアと一緒に《転移(ワープ)》で帝都から逃げればいい。

「ああ……行ってくるよ」

衛兵によって開かれた両開きの扉から、俺は紫色のカーペットの道を進んでいった。

「まったく、どこに行っていたのかしら」

「あんなのより、イリューリア辺境伯の御息女はどうなったんだ？」

貴族の俺への視線はいつもと変わらない。だが、行方不明となったユリスについて言及する声が聞こえた。

そんな中を進んでいくと、やがて俺を訝しそうに見つめるルイベルが見えた。その奥には、玉座で眉間に皺を寄せる立派な白髭の皇帝がいた。

「アレク、ただいま参上いたしました」

「馬鹿者!!　今まで、どこに行っておった!?」

開口一番、皇帝は怒声を響かせた。

「何と、申されましても。陛下より賜ったティアルスに、視察のため向かった次第です」

「嘘を申せ！　あのような辺境にお前のような子供がいけるわけないだろう!?　全く、どこをほっつき歩いていたのか……ローブリオンなど遊ぶ場所もなかろうに」

皇帝は俺が遊んでいたと思っているらしい。まあそれならそれでもいいかもしれないが……。

すぐに皇帝はルイベルに手招きし、玉座の隣に立たせる。

「ルイベルはお前を心配しておったのだぞ!?　闇の紋を授かり、継承権を奪われ、きっと落ち込んでいるだろうと！　だから家出をしたのだと！」

探していた、は本当かもしれないな……あくまで人を使ってだが。

すかさずルイベルが、皇帝に潤んだ目を向ける。

「……陛下！　どうか兄上をお許しください！」

「ルイベル……お前は本当に優しい……さすがは【聖神】を授かった我が子だ！」

皇帝はルイベルを見て、目を細める。

しかしすぐに俺に鋭い視線を向けた。

「何か言うことがあるのではないか!?」

ああ、面倒だ……礼なり謝罪を口にしろというのだろう。

しかし、こちらに何の落ち度もないのに詫びるつもりはない。

そんな中、「お待ちを」と小さな声が響く。

「なんじゃ?」

皇帝がじろりと俺の後ろのほうを見ると、若い貴族の男が出てくる。

「ローブリア伯代理ホルシスと申します」

肥満気味の若い男……この男はローブリア伯の孫で、帝都における代理を務めていた。

「アレク殿下には、我がローブリオンの危機を救ってくださったと、祖父ローブリア伯から聞き及んでおります！　上陸を目論む魔王軍の陰謀を見事、看破されたのです！　少し遅れていれば、ローブリオンは陥落していたでしょう！」

その言葉に宮殿がざわつく。

「ば、馬鹿を申せ!?　こんな子供が」

「いえ、アレク殿下は湾を守る防鎖への工作活動を見事見破られたのです！　我らローブリアの者にとってアレク殿下は……救世主です！　決して遊んでなどおられませんでした！」

事実、俺はローブリオンへの陰謀を退けた。それはローブリオンの民衆や兵士も広く知るところだ。

また、勅使が来た日、ローブリア伯には青髪族に作らせる防鎖の金額の値引きをちらつかせておいた。

その際、何かあれば皇帝に俺のローブリオンでの滞在のことを伝えてほしいと告げたのだ。

金に目がないローブリア伯はすぐに首を縦に振った。孫にもそうするよう伝えておいたのだろう。

「魔王国とローブリア伯領は非常に近い……ローブリオンが陥落していたら……」

「我が領地も危うかったかもしれんな……」

貴族たちがざわつくのを見て、皇帝は額から汗を流す。

周囲が褒めたたえているのだから、俺を叱るに叱れない。

ルイベルも憎らしそうに貴族たちの様子を見ていた。だがやがて帝都神官長であるビュリオスに顔を向ける。

なんとかしてくれ、ということだろうか。だがそうはさせない。

「それと……ビュリオス」

「なんでしょう、アレク殿下？」

ビュリオスはゆっくりこちらを見ると、優し気に微笑む。

「ローブリオンにいる俺の部下へ神官から問い合わせがあった。俺がどこにいるか、と。神殿も俺を探してくれていたんだな」

「いかにも……ルイベル殿下が、それはご心配そうになさっていたので」

ビュリオスはニコニコと答えた。

「それに関係しているかは分からないんだが……」

俺は胸元から、二つの丁字型のペンダントを取り出す。

「実はティアルスとローブリアの間で、二人の神殿の者を見つけてね」

「ほう……」

「名前を、確認してくれるか？　たしか、ティカとネイトと名乗っていた。出身のアルバス修道院を気遣うような言葉も遺していたな」

俺はペンダントをビュリオスに渡す。

「名前は知りませんが、たしかに神殿の者でしょう……殿下が見たとき、二人は？」

悪魔祓いとは言わないか。なるべく情報は明かしたくないのだろう。

「すでに虫の息だった。治療の甲斐なくすぐに……その後は危険な場所だったため、火葬で済ませてもらった。近くには、悪魔らしき死体もあってね。それとの戦いで死んだようだった」

「なんと……もしかしたらその二人は悪魔祓いだったのかもしれません」

「きっとそうだろう。どうか、彼女たちを神殿でも弔ってほしい」

「かしこまりました。仲間の形見を届けてくださった殿下のお心遣い、感謝いたします」

ビュリオスは俺に頭を深く下げた。

ティカとネイトは悪魔祓いとしての責務を全うし、死んだ——二人が俺のもとへ裏切ったと思わせないようにしたかった。

そんな二人の出身である修道院を、ビュリオスもどうこうすることはできないだろう。

もちろん、ビュリオスも俺が二人を殺したか捕縛したかもしれないと、疑っているはずだ。

しかし、露見石を持った二人が俺を悪魔化させられなかったのだから、そもそも戦闘は発生していない……そう結論付けるしかない。

ルイベルは面白くなさそうな顔をすると、やがてこう叫んだ。

「そ、そんな場所に皇子が行くなんて、危ない！　まだ子供なのに！」

「そ、そうだ！　身分を考えよ！」

皇帝もそう主張した。

そんな無茶苦茶な……

「私はすでに辺境伯を任されております。陛下のため、この帝国のため、ローブリオンの防衛に参加し、自領の視察に向かった次第です。何か、問題がございましたでしょうか？」

そう言うと、二人は口を噤（つぐ）んでしまう。

俺はもう、立派な一人の辺境伯だ。普通の家庭の親が子を呼び出すのとは訳が違う。主君が進化を領地から呼ぶには、それなりの大義名分が必要だ。

「それに、陛下の呼び出しにこうしてすぐ馳（は）せ参（さん）じました。辺境伯に勅使を遣わせるほどの用件。きっと一大事と考え昼夜問わず馬を走らせました。陛下は何故私を呼び出されたのですか？」

「そ、それは」

皇帝が言葉に詰まる中、ビュリオスが笑顔のまま言う。

「まあまあ、殿下。陛下は皇位継承権を失ったとはいえ、アレク殿下は陛下の子。親としてただ身を案じただけ。そう話をややこしくすることもないでしょう」

俺はもう辺境伯なのだがな……。まあ俺自身、別に皇帝に何か仕返しをしたいわけでもない。ここらで丸く収めるとしよう。

皇帝もそう考えたのか、こう口にした。

「そ、そうだ！　余はただお主の身を案じただけ……まあ、次からは気を付けるのだぞ、アレク」

そのまま去れと言わんばかりに手を振る皇帝。

歯軋(はぎし)りするルイベルに背を向け、俺は謁見の間を後にするのだった。

三話　今後の計画

謁見の間を後にした俺は、宮廷の庭を歩いていた。

「はあ、疲れた」

俺の口から深いため息が漏れた。

すると隣のエリシアが心配そうな顔で訊ねてくる。

「お疲れ様です。何か厄介ごとを押し付けられました？」

「いや、大丈夫だったよ。領地の取り上げとかじゃなかった」

当然ではある。皇帝にとってティアルスは取り上げるような価値のある土地ではない。

魔物しかいない無益な土地と思っているのだ。

すでにアルス島が住めるようになっていて、魔鉱石すらも掘れる場所になっているなんて夢にも思わないだろう。

俺はレンガの道を歩きながら呟く。

「それに宮廷からの外出を禁じられたり、宮廷に住むよう命じられなかったし」

(何も言い返せないの見てスカッとしたわ。子供だからって舐(な)めやがって)

と、悪魔の晴れ晴れとした声が響く。

口は悪いが、俺も少し同じ気持ちは抱いた。こいつ……いつの間にか俺と心情が重なってきてないか？

「そうでしたか……ですが、突然の呼び出し。誰かが糸を引いているのでしょうね」

エリシアの声に俺は頷く。

誰が皇帝に今回のことを仕向けたのかは分からない。

まあ、ルイベルかビュリオスなのは間違いない……あるいはどっちもか。

ルイベルの場合は俺に恥をかかせたり、周囲に俺との力の差を見せつけてやりたいのだ。

飽きれば死んでいいぐらいのおもちゃに思っている。実際にやり直し前、俺が引きこもるようになるとルイベルの嫌がらせも少なくなった。満足したのだ。

だが、今は執着している。しばらくは引き下がらないだろう。

そんな中、エリシアが呟く。

「ティカとネイトが話していた黒幕、のせいでしょうか？」

エリシアの言う黒幕とは、ビュリオスのことだ。

ビュリオスは闇の紋章を持つ俺を殺したい。

しかし、ただ殺したいだけとは思えない。

恐らくは、今後自分が教皇になることを見越しているのだ。

廃嫡されたとはいえ皇族の俺が悪魔化したとなれば、現皇帝の権威にいくらか傷がつく。自分の都合のいい皇帝を立てやすくなるだろう。

だが、白昼堂々と俺を悪魔化させるのは難しい。警備の行き届いた宮殿の中なら尚更（なおさら）。だからこそ、宮殿に縛り付けず俺を泳がせたいのだ。

やり直し前、俺はずっと宮殿や学校にいたからそれができなかったのかもしれない。それでも、結局は刺客が現れたが……。

とはいえ現時点では、ビュリオスは俺を殺すことにそこまで躍起にはなってない。片手間ぐらいに考えてるはずだ。暗殺を任せるには弱いティカとネイトを見れば、それが窺える……決してあの二人が無能と言っているわけではないが。

「今回の場合、黒幕というよりはルイベルの意向が強そうだな」

皇帝もルイベルの言葉を聞き入れて、俺を呼び寄せたのだろう。今、皇帝はルイベルが可愛くてしょうがない。

また、現時点ではビュリオスは帝都神官長で、まず自分が教皇になるのが先決。ルイベルと協力していたとしても、それは自分が教皇になるために必要なことだからだ。

「ともかく、目立つようなことを避ければ対処できそうだ……」

ローブリオンの件は仕方なかったが目立つようなことを避けていれば、皆、俺を忘れるだろう。ルイベルもいずれは飽きるかもしれない。

「まず、魔境を渡ってくることはないでしょうからね」

エリシアも安心したような顔で頷くと、こう訊ねてくる。

「それでは、このあとはどうしましょう？」

（帰らないわよ！　まだ何もやってないんだから！）

頭の中の悪魔は競馬場にでも行きたいのだろう。

俺も帰るつもりはないが、今は賭け事をやるつもりはない。

「帝都にもローブリオンのような拠点が欲しい。いい物件がないか探してみたい」

「なるほど。しかし、当てはあるので？」

「闇雲に探しても疲れるだけだ。だから、ヴィルタスに会ってみようと思う」

「はっ。しかし、ヴィルタス様とは？」

「俺が唯一話ができる男……第四皇子ヴィルタスだ」

俺は、宮殿のヴィルタスの部屋へと向かった。

四話　兄を訪ねて

宮殿を出るなりエリシアは呆れるように呟く。

「面会拒否、ということでしょうか……」

「いや、あの使用人も本当に分からないんだよ」

第四皇子ヴィルタスは部屋にいなかった。使用人に訊ねるも、さあどこへやらだ。

まあ俺も部屋にいるとは思わなかった。ヴィルタスは十三歳。普通であれば、魔法学院に通っているはずだ。

じゃあ魔法学院にいるのかといえば、違う。あいつは真面目に学校に通うような男ではない。

エリシアは俺に訊ねる。

「夜を待ちますか？」

「いいや、ヴィルタスはむしろ夜のほうが動きが活発だ。宮殿にいるほうが少ない。いくつか心当たりはあるが……あまり、見ていて気持ちのいい場所ではないかもしれないぞ？」

「お気になさらず。恐らく、私も見たことのある場所です」

エリシアは真剣な眼差し（まなざ）しをこちらに向けた。

そんな中、宮殿の廊下から聞き覚えのある声が響く。

「兄上！　アレク兄上！　いったいどちらにいらっしゃるのです!?　せめてお顔だけでも！」

ルイベルか……。

俺はエリシアと頷き合うと、宮殿の外にある帝都の公園に《転移(ワープ)》した。

それからヴィルタスがいるであろう貧民街へと歩いていく。

エリシアが呟く。

「全く！　あの方は……アレク様をどうしたいのでしょうか？」

「恨みを晴らしたい……のだと思う」

だが、やり直し前は俺への恨みを早々に晴らせたはずだ。

徐々に恨みというよりは、【聖神】の紋章を持つ自分を引き立てるための道具として俺を利用していった。最後は俺をただの闇の紋を持つ汚物としか見てなかった気がする。

しかし今はどうか？

ルイベルは俺と全く接触できてない。廃嫡させるだけでは恨みが晴れなかったのだろう。会えないならいっそ殺してしまおうと、ビュリオスと謀った可能性もある。

俺の口からため息が漏れる。

「紋章を授かる前は一緒に遊んで笑うこともあったんだけどな」

帝都の大通りを歩きながら、エリシアが遠くを見て呟く。

「兄弟なのに悲しいですね……かけがえのない家族なのに」

エリシアは幼い頃に人間の母と別れた。

父と母も生きているか不明。生きていたとしても互いに認識できないだろう。ひょっとしたら兄弟がいる可能性もあるはずだ。

ともかく、家族のいないエリシアにとってはやはり憧れもあるのだろう。

「……俺とルイベルみたいに特別な境遇じゃなければ、こんなことにはならないよ。聖と闇という真逆の紋章を持つ者同士でもなければ」

「……紋章というのは、良いことばかりではないですね」

俺はエリシアの声に深く頷いた。

それ自体は恩恵に他ならないが、社会での役割や地位を人に強制してしまう。エリシアもその紋章のために、修道院で延々とアンデッド狩りを任されていた。

中には恩恵にすらならない、むしろ呪いのような闇の紋を授かる者もいるし。

エリシアは何か気が付いたような顔で言う。

「そういえば、そのヴィルタス殿下の紋章は？」

「【万神】……だ」

「どういった紋章で？」

「すべての神々に愛された者が授かる紋章。つまり、すべての属性の魔法を上手く扱える。それだけじゃなく、剣やら弓やら何やっても器用に扱えるんだ」

さすがに個々の属性の魔法に恩恵のある紋章の効果に及ばないが。

例えば聖魔法なら、【聖神】の紋を持つルイベルにはどうしても劣ってしまう。

エリシアが驚くように言う。

「そ、そんな紋章が？」

「この紋章を授かった人間はヴィルタスが初めてだな。まあヴィルタスは……いや、誰が聞いているかも分からない」

それ以上、エリシアは聞かなかった。複雑な事情を察したのだろう。

ヴィルタスは、皇帝が側室の一人に生ませた子……と世間的にはされている。

だが実際は、皇帝の実の子ではない。

それでもただの人間だったなら、それが明るみになることもなかっただろう。

生まれたときは、ヴィルタスは普通の人間に思われていた。

だが七歳になると、ヴィルタスの犬歯がまるでコウモリのように伸びていった。やがては黒い翼も背から生やすようになった。

つまり、ヴィルタスは魔族の血を引いていた。

側室は恐らく吸血鬼の血を引く魔族と目合い、ヴィルタスを生んだのだ。

その事実を知った皇帝はヴィルタスを殺そうと考えた。

しかしすでにヴィルタスは多くの人に認知されていた。人間が授かったことのない【万神】の紋章を持つということで、生みの親でもある皇帝も尊敬されるようになっていた。

また、側室は事実が明るみになると、一目散に西部へ逃亡。皇帝は側室の口から周辺国に漏らされることを恐れた。

故に皇帝はヴィルタスの歯と翼を切り落とし、普通の人間として育てるしかなかったのだ。何か言われても、ヴィルタスは人間なのだと主張できるように。

俺はエリシアに言う。

「だけど……悪い奴じゃないよ」

「アレク様が仰るならそうなのでしょう」

エリシアはそう言ってくれたが、頭の中の悪魔はぶつぶつと呟く。

(私なら皇帝を恨むわね。絶対復讐してやりたいわ)

それはない……とは言い切れないのが俺の本音だ。

まあ、いずれにせよ俺を恨むことはないと思う。皇帝を恨んでいたとしても、無関係の者を巻き添えにするような奴じゃないのは確かだ。

そんなことを考えている内に、俺たちは貧民街へと到着する。

ここでは物や金銭を乞う人、売られる魔物などで溢れている。

やはり、見ていて気持ちの良いものではない。

俺はまっすぐ前を向いて、目的の場所まで歩いていく。

すると、さっそく前をボロボロの服を着た大男が三人で塞ぐ。

「おっと、待ちな！　ここからは通行料が必要だ！　なんなら、そのねーちゃんが体で……って、おい！」

俺が素通りしようとするのを見て、男が俺の肩を摑もうとする。

しかしエリシアがその腕をがしっと摑んだ。

「アレク様に手を出さないでください」

「ふ、ふざけんな……がっ⁉」

男は簡単にエリシアによって背負い投げされる。

エリシアは他の男たちがナイフを見せるのを見て、スカートの下に隠した剣の柄に手を伸ばす。

「……やめろ、エリシア。そいつは、この街区を取り仕切る男だ」

俺が言うと、男は上半身を起こして言う。

「へ、へへ、分かってるじゃねえか」

「ああ。ヴィルタスに雇われているのも知ってる。ボゼルだな？」

「な、おめえ、なんで俺の名を？ ……それよりも、ヴィルタスって言ったな？ 頭の知り合いか？」

「弟だ」

それを聞いた男……ボゼルは唖然とする。

「……嘘だろ？ 皇子でこんなとこくるのは……頭しかいねえ」

ボゼルの言う通り、こんな場所に来るのはヴィルタスぐらいだろうな……。

やり直し前の俺も、忍びながら何度かここにいるヴィルタスを訪ねにきたことがあるが。

「胸の勲章を見せるのは面倒だ……これでどうだ」

俺は銀貨をボゼルに一枚渡す。

「ませたガキだ……まあいい。頭が帰れって言ったら帰れよ」

ボゼルは銀貨を俺からばっと取ると、ついてこいと俺たちを近くの建物に案内した。

ごてごてとした装飾と、やたら大きな飾り窓。いかがわしさの溢れる館だが、まだ昼のせいか客も働き手もいないようだ。

開きっぱなしの入り口を進み、床がぎしぎしと軋む廊下を進んでいくと、ボゼルはある扉の前で止まった。

「頭……頭の弟とかいうやつが来てます」

「弟？　俺にそんなやつはおらん。さっさと帰らせろ……今、良い所なんだ」

「へい……ってことだ。頭は会わねえ。帰んな」

ボゼルはそう言うが、俺は扉の向こうに向かって言う。

「ヴィルタス……儲け話を持って来た。金貨百枚はくだらないぞ」

「お、おめえ。話を」

しかし、ボゼルの声を遮るように扉から響く。

「三、十秒待て……三十秒したら……開けろ」

ボゼルはきょとんとするが、三十秒後には扉を開けてくれた。

「……ほら、入れ」

部屋の奥にはやたら金ぴかの大きなベッドがあり、そこに複数の者たちがはだけた格好で腰を落としていた。

多様な魔族に囲まれた、褐色肌の金髪の少年が口を開く。

「おう。来たか」

褐色肌の少年……ヴィルタスはそう呟くのだった。

五話　交渉

ベッドに腰を落とす褐色肌の少年が、第四皇子ヴィルタスだ。

まだ十三歳にしては大人びて見える。

すでに成人男性と同じぐらいの背の高さ。周囲に魔族の女性を侍らせているからかもしれない。

ヴィルタスは短いブロンドの髪を揺らし、切れ長の目をこちらに向ける。

「おう、来たか」

まるで俺が来ることを予期していたかのように、ヴィルタスは言った。

俺が訪ねてくると、ヴィルタスは必ず今の言葉を口にした。

だから、どこか安心感を覚える……もしかしたらヴィルタスはやり直しのことを知っているのでは。そんな錯覚に陥いる。

ヴィルタスは口を開く。

「聞いたぞ。ティアルスなんて辺境に飛ばされたんだってな？　行くあてもないから、俺に知恵を貸してほしいんだろ？　下働きなら雇っていいぞ」

こんなセリフをやり直し前も聞いた。

どこにも行く場所のない俺を、働けとたまに外に連れ出してくれていた。

やはり安心感を覚える。幼くなってもヴィルタスはヴィルタスだと。

置かれた境遇は正反対の俺たちだが、不思議と意気投合することは多かった。よく競馬や戦車競技を一緒に見に行った。特に、金に関する話題ばかりだったが……。

それに皇帝にとって本音では消えてほしい存在……ということは、俺とヴィルタスの共通点でもある。

ヴィルタスはニヤリと笑う。

「しかし、金貨百枚とは大きく出たな！　子供だから許したが、普通ならボコしているぞ」

「嘘じゃない。正真正銘、百枚の商談だ」

俺がそう言うと、ヴィルタスはこちらを怪しそうに見つめてくる。

「お前……いつからそんな大人みたいな口を利くようになったんだ？」

「こんな場所で駄目な大人みたいに遊び呆けている奴が言えることか？」

ヴィルタスはそれを聞いてははっと笑った。

「もともと大人びているところはあると思ったが、ここまでとはな。まあ、俺も紋章を授かった後、すぐ自分で金を稼ごうとしたわけだし……それで、何が欲しい？　まだ遊びたい年じゃないよな？」

「土地と建物がほしい」

「ほう。土地と建物か……どこらへんのだ？」

「商業区がいい。できるかぎり、人通りが多い場所。できれば中庭付きで、四、五階建ての建物を」

「確かに金貨百枚の案件だな。しかし、アレクよ……」

首を横に振り、ヴィルタスは続ける。

「商売やるなら、最初は小さく始めたほうがいい……いきなり大きくやろうとすると、地獄を見るぞ！」

心底心配そうな顔を見せるヴィルタス。

自分はそれで失敗したと言いたいのだろう。

ヴィルタスは、魔族の女性から綺麗に剥かれたリンゴを差し出されると、それを食べながら言う。

「金貨と言わず、銀貨でどっか通りに面した建物の下層を貸してやる。そこでまず、こつこつ稼げ……何やろうとしているのか知らないが、そこの綺麗な姉ちゃんがいれば、男がほいほい近づいてくるだろう。なんなら、この姉ちゃんを俺の店で」

色目を使うヴィルタスに、エリシアは汚物を見るような目を向ける。

ヴィルタスは怒らず、恍惚とした表情で「世界で一番美しい……」と呟いた。

すぐに、その頬を隣の魔族の女性が叩く。

「もう、ヴィルタス様！　さっきは私が一番って言ったのに！」

「昨日は私が一番って言ってた！」

「み、皆一番だ！　それでいいじゃないか！」

魔族たちの声に、ヴィルタスは慌てて答える。

俺は魔族にもみくちゃにされるヴィルタスに溜息をもらす。

「……助言は感謝する。たしかに俺もそうすべきだと思う。でも、俺がやりたいのは商売じゃない……いや、商売もやりたいんだが」

そう話すとヴィルタスは林檎を食べる手を止めて、驚くような顔をする。

「まさか――謀反!?」

「落ち着け！　話が飛躍しすぎだ……お前のいう通り、どこにも居場所がないだけだ。ヴィルタスにも分かるだろ？」

「住む場所が欲しいが、それには稼ぎも必要……まあそりゃわかる」

俺はこくりと頷く。

「だから、自由にできる拠点が欲しいんだ。それも、俺の拠点と分からないような拠点を」

「正規に商人から購入すれば、足が付く。だから俺を頼ったわけだな」

ユーリあたりを長に商会を立ち上げようと考えていた。俺が長なら必ずルイベルなり神殿なりから嫌がらせを受ける。

表向きには、俺とは無関係の人間が営む商会と見せるわけだ。

「そういうことなら、いい場所があるな」

「本当か？」

「ああ。しかもただでくれてやる」

「ただほど高い物はないと思うが……」

俺がそう言うと、ヴィルタスは深く頷く。

「俺もバカ親父に厄介な仕事を押し付けられていてな。手が回らない物件があるんだ。ちょいと訳アリ物件でな」

「訳アリ……？」

恐る恐る訊ねると、ヴィルタスは血の気の引いた顔で呟く。

「ああ……出るんだ――お化けが!!」

突如驚かせるように声を上げたヴィルタスに、周囲の魔族たちはきゃあ怖いとひっつく。

俺とエリシアはそれを聞いて、特に驚くこともなかった。

ヴィルタスは魔族にもみくちゃにされながら、不満そうな顔を俺に向ける。

「おいおい、そこは怖がるところだろうよ！　全く子供らしくないな……」

「お互い様だろ……」

俺が言うと悪魔はこう呟く。

（顔は良いのに残念な男ね……）

（お前には言われたくないと思うが……まあ確かに残念だな）

とはいえ、これはいい話だ。

「分かった。ぜひ、その物件を紹介してくれ。相手がお化けなら俺たちからすれば好都合だ」

俺はエリシアに視線を向ける。

「ええ。慣れてますから」

そうエリシアは笑顔で答えるのだった。

六話　訳アリ物件

俺たちは、帝都を東西に貫く大通りを西へ歩いていた。

この通りは、万国通りと呼ばれている。

世界中の国や地域から人や品物が集まることからその名が付けられた。その由来の通り、商店が多数建ち並び、人通りも多い。帝都ではもっとも幅広の通りで、馬車が十台も横並びで走れる。

そんな活気の溢れる万国通りに、訳アリ物件はある。

「西寄りで港湾区にも近い場所……もう少しだな」

俺はそう呟くが、周囲を見渡すエリシアが首を傾げる。

「本当にこんな場所にあるのでしょうか……？」

たしかにお化けとは無縁そうな明るい通りだ。

「建物自体は相当大きいそうだから、分かると思うけど……お、あれじゃないか？」

五階建ての大きくずんぐりとした建物。一階には立派な陳列窓と、荘厳な彫刻が彫られた金の扉が見える。

恐らくは多様な商品を扱う百貨店だったのだろう。

しかしその建物の前では、誰も足を止めない。皆、建物を不気味そうに見上げたり、そそくさと立ち去っていく。

「建物はずいぶんと綺麗だな……でも」

一階の窓や壁には張り紙や落書きで荒らされていた。

俺とエリシアはその建物に近付く。

「これは……」

エリシアは張り紙や壁に書かれた文字を見て、眉を顰める。

「悪魔の店、か……」

張り紙や落書きは、店主を悪魔と非難する内容のものだった。

店主は闇の紋章持ちと叩かれていた。そのせいで客が寄り付かなくなり、従業員もやめていった……ヴィルタスからすでに聞かされている。

こんな一等地で商売しているのだ。商売敵も多かっただろう。闇の紋章の持ち主であることをずっと隠していたのが、商売敵によってバラされた……そんなところだろうか。

エリシアが言う。

「……この店の中に、悪魔化してしまった方が？」

「いや、神殿から神官と悪魔祓いが来て、建物の中を調べたようだ。だが悪魔は見つからず、無限にウィスプの類が出てきたようでな。店に置いてあった鎧を依り代にしたリビングアーマーもいたようだ。といっても、一階だけしか調べてないようだが」

ヴィルタスはこの物件を格安で手に入れたのだが、何度神殿に討伐依頼を出しても、無限に湧くアンデッドを討伐しきれず使い物にならなかった。

神官や悪魔祓いへの報酬も馬鹿にならない。これ以上お金はかけたくない。だから手放したかったのだろう。

ヴィルタスが俺へ依頼したのは、恐らくエリシアの【聖騎士】の紋章を見たから。

金貨百枚を用意したり、ティアルスに向かうのは、とても子供の俺が一人でできることじゃない……エリシアが優秀だから成し遂げられた、そう考えたのだろう。

だから俺というよりは、エリシアの腕を見込んでということだ。

まあ実際、エリシアにとってアンデッドの退治は楽勝だ。今までずっとアンデッドを退治してきた。

「では、私が墓守をしていた修道院の墓地のようになっている可能性が」

「そうだ。店主が実際にそうだったのかは分からないが、闇の紋章持ちが死んでその亡骸(なきがら)がアンデッドを生み出しているのかもしれない」

五階建ての大きな建物……そこにいるアンデッド。

(不気味だわ……)

(悪魔のくせに本当に怖がりだな……)

悪魔は分からないが、街の人が近寄らないのも無理はない。

一方のエリシアはヴィルタスから預かった鍵を手に言う。

「久々に私の出番ですね！」

「そう、だね」

聖魔法の使い手であるエリシアがいれば何の心配もいらない。

俺自身も闇の魔力を吸収できるのだから。

しかしエリシアが勢いよく開けた金の扉の先を見て、やはり不気味さを感じた。

滅茶苦茶（めちゃくちゃ）に荒らされた店内。

陳列棚や照明は破壊され、商品が無理やり運ばれた跡がある。

だが商品や調度品がそれなりに残っているのは、ここに入った盗人（ぬすっと）もアンデッドに襲われ奪いつくせなかったからだろう。

俺はエリシアに言う。

「アンデッドが特に多いのは中庭だ。そこは神官たちも近寄れなかったらしい……まずはそこを目指そう」

「はい。私にお任せを」

エリシアは剣を抜いて俺の前を先導してくれる。

俺も《聖灯（セイントーチ）》を周囲に展開し、エリシアの後を追った。

「立地も外観も立派だが、中も相当な大きさだな」

「高さも空間も、ローブリオンの拠点の倍以上ありそうですね」

「ああ。申し分ない……」

中庭へ転移柱も設置できるだろう。大きな作業場もあるし鍛冶もできる。厨房（ちゅうぼう）らしき場所もあるから魚も売れる。

それでも広すぎて、置く商品のほうが足りないかもしれない。こうなる前はきっと繁盛していたのだろう。

……前の店主のことを思うと、なんだかいたたまれない気持ちになるな。

神官によれば、店主と思しき死体を中庭で遠目から見たということだ。

ここまで大きな店を持っていたのに、紋章云々で叩かれるなんて。店主は一代でこの店を持ったと聞く。紋章を隠しながら、こつこつと帝都に店を持てるよう頑張ってきたのだろう。

店主の努力に思いを馳せながら、俺はエリシアへついていく。

すると、早速すっと黒靄が現れた。ウィスプだ。

「――《聖光》」

エリシアは落ち着いた様子でウィスプに光球を放ち、霧散させる。

その後もウィスプが現れるが、手慣れたものだ
エリシアは次々とウィスプを聖魔法で倒していく。現れたら即、聖魔法を放っていた。

ただの立っている鎧と思われたリビングアーマーも突如動き出すが、エリシアに蹴られ最後は光を当てられ動かなくなった。

アンデッド退治で俺の出る幕はない。とはいえ、エリシアだから対峙できる数だ。この数は、神官や悪魔祓いも苦戦しても無理はないな……。

ともかく攻撃はエリシアに任せ、俺はアンデッドの根源を見つけなければ。そろそろ中庭だ。

どこか、闇の魔力が淀んでいる場所があるはず。それがアンデッドを生み出す根源になっている

はずだ。

——あった。たしかな魔力の反応。あの扉の先、恐らく中庭のほうだ。

「……エリシア、やはり中庭だ。扉は俺が開け……あっ」

エリシアは聖魔法でウィスプを倒しながら、蹴りで扉をばたんと開く。

「どうぞ、アレク様！」

「あ、ありがとう」

俺は悠々と扉をくぐり、中庭へ入る。

ここは陽の光が差し込んでいる。敷地(しきち)も広く、ちょっとした公園みたいだ。

……そんな中でも現れるウィスプを、エリシアは即座に倒していく。

一方で俺は、魔力の反応を調べた。

「……あそこか」

視線を向けると、中庭の噴水の近くにベンチが置かれていた。

そこには、二体の白骨が座っている。一人は男性の服、もう一人は女性の服、どちらも質の良い服を身に着けていた。

二人からは闇の魔力を感じる。

根源はこの二人だったか……。

エリシアにウィスプを倒してもらいながら、俺は白骨の座るベンチに向かった。

二人は腕を絡め、肩を寄せている。

近くには空き瓶があった。

恐らくは毒を飲んで一緒に死んだのかもしれない……。

「なんとも悲しい話だな……うん、これは？」

俺は男の持っていた手紙を手に取る。

手紙には短い文章が記されていた。

「至聖教団に永遠の呪いを……私たち三人は悪魔ではない、か」

どうやら商売敵だけでなく、至聖教団にも目を付けられていたみたいだな。

自分たちが悪魔でないと、死を以(もっ)て周囲に示したかったのだろう。

（人間ってひどい生き物ね……）

頭の悪魔の声が響く。

悪魔はどうなんだと問いたい。しかし、否定できるようなことじゃないな……。

「エリシア……浄化する。しばらく頼むぞ」

「はっ……」

俺は背中をエリシアに任せ、二人に宿る闇の魔力を吸収しようと手を伸ばす。

だがその時、突如頭上のほうで強大な魔力の反応を感じた。

「――エリシア！」

「え？　――上っ!?」

俺はすぐにエリシアと共に、少し離れた場所に《転移(ワープ)》した。

と同時に、ベンチの近くに何者かが投石機の弾のように落ちてくる。

舞い上がった土埃（つちぼこり）が落ち着いてくると、そこには抉（えぐ）れた地面に立つ……。

「悪魔（デーモン）……」

黒い翼を生やした人型が、こちらを睨（にら）んでいた。

七話　悪魔との戦闘

俺の頭の中の悪魔が言った。悪魔のくせに悪魔を恐れているようだ。

地上に降り立った悪魔は、赤い眼(め)をぎろりとこちらに向ける。

「……触るナ！」

……喋(しゃべ)った？

会話の余地があるのではと思ったが、悪魔はすぐにこちらに手を向け黒い靄を宿していた。

「アレク様、お任せを――《聖光(ルークス)》!!」

咄嗟(とっさ)にエリシアは悪魔に光を放った。

だが悪魔はすでにそこにはいない。

再び上空へ飛び、こちらへ両手を向けていた。

どうやら戦うしかなさそうだ。

俺も手を向け、闇の魔力を圧縮し壁にした《闇壁(シャドウウォール)》を展開する。

すぐに《闇壁(シャドウウォール)》の向こうから小さく爆発音が響き、黒靄が霧散した。

だが、悪魔は位置を変え、次々と闇魔法を放ってくる。単純に速く動けるだけでなく、俺も使う《転移(ワープ)》を少しだけ使えるようだ。

その人間離れした動きに、こちらは《闇壁（シャドウウォール）》を広げることで防ぐしかできない。

エリシアも聖魔法で攻撃するが、《転移（ワープ）》する悪魔には当てられなかった。

俺も闇魔法を全力で撃てれば……。

しかしそれでは損害が出る。建物はまた直せばいいが、外を歩いている者たちを巻き込むわけにはいかない。

それに倒す前に気になることがある。不思議なことに、あの悪魔は周囲を襲おうとしなかった。

ティカとネイトの言葉が頭によぎる……悪魔になっても自分の意思で動ける、という言葉が。

「エリシア……少し危険だが、奴の後ろを取ってくれるか？　俺がエリシアを《転移（ワープ）》させる……聖魔法で攻撃すると見せかけて……やつの周囲に聖魔法を放ち、《転移（ワープ）》できないようにしてくれ」

「お任せください。ですが、アレク様が」

「俺は大丈夫だ。それにすぐに決める……俺は悪魔じゃないからな」

エリシアは何かに気が付いたような顔をすると、はいと頷く。

「じゃあ、行くぞ！」

俺は《闇壁（シャドウウォール）》で悪魔の攻撃を防ぎながら、エリシアを悪魔を挟んで向こう側へ《転移（ワープ）》させた。

すぐに向かい側で、エリシアが悪魔に光を放つ。

悪魔は振り返る。

しかし、光は自分ではなく周囲を包むように放たれていることに気が付くと、再びこちらを向き、突っ込んできた。

手には長く鋭い爪が黒光りしている。

恐らく俺がたいした聖魔法を使えないと判断したのだろう。接近して直接仕留めるつもりだ。

「アレク様！」

「任せろ――《聖光》！」

俺は向かってきた悪魔に、聖魔法の光を放った。

以前は数秒で消えてしまった俺の聖魔法だが、今ではまっすぐに悪魔へと向かっていく。

悪魔は避けきれず闇魔法を放つが、俺の聖魔法に押し返されてしまった。

光を受けた悪魔は、低い悲鳴を上げながら地上に落ちる。

「アレク様、あとはお任せを！」

すかさず、エリシアがその悪魔に聖魔法を放った。

待て、と言おうとしたが、エリシアは俺の考えを察していたようだ。

悪魔の四肢と翼だけを聖魔法で焼き払い、胴体と頭を残す。

エリシアはのたうち回る悪魔の胴体を足で押さえ、悪魔の首に剣を向けた。

「アレク様、とりあえずは無力化できました……ですが、数分もすれば悪魔の体は再生します」

「ありがとう、エリシア……どうしても気になることがあったんだ」

「何故、ここにずっと留まっていたか、ということですね」

俺はエリシアの声に頷き、まずは二体の遺骨から闇の魔力を取り除き、悪魔へと歩み寄る。

「……があっ！」

悪魔は大きく口を開き、威嚇するように唸る。

紫色の肌、コウモリのように長い牙、羊のような巻き角……たしかに悪魔そのものだ。

悪魔化する際、ある程度元の体の特徴が引き継がれると聞く。体格からすると、元は十代半ばぐらいの人間の少年だろうか。

俺は悪魔に話しかける。

「……俺の言葉が分かるか？」

「……人間を殺す！　全員、殺す!!」

悪魔は憎悪の顔を向けて言った。

「なら、何故ここを出て人間を殺さなかった？」

「人間を殺す！　殺す!!」

俺の問いに答えず、悪魔はただ怒声を上げ続けた。ばたばたと胴体を動かし、なんとか拘束から逃れようとする。

俺の頭の中の悪魔が呆れたように呟く。

(説得して悪魔を眷属にするつもり？　もうこいつに人の意志はないわ)

残酷だがこいつの言うように、この悪魔に意志なんか残っているわけがない。

それでも……何か救う手立てはないだろうか？

俺は問い続けた。

「……君の両親は、お前に悪魔になってはいけないと伝えたんじゃないか？」

ベンチに座っていた白骨の近くには、手紙が置かれていた。

そこには、私たち三人と記されていた。

つまりは、もう一人家族がいたのだ。

そしてそのもう一人は、きっとこの――

「……殺すっ!! 殺す、殺す、殺す！」

ひたすら狂ったように声を上げる悪魔。

しかし、俺もエリシアも悪魔の異変に気が付く。

「この人……」

エリシアは複雑そうな顔で悪魔を見つめる。

悪魔の目には涙が浮かんでいるのだ。

やはり……ネイトも言っていたように、元の人格は完全に消されるわけじゃないんだ。

この悪魔は、あのベンチに座っていた二人の子なのだろう。

悪魔になってはいけないという親の言葉が頭に残っているのだとしたら……。

それを守ろうと、なんとかこの場に留まり続けたのかもしれない。

俺は悪魔に声をかける。

「辛かったな……」

「殺す殺す殺す――殺せ殺せ殺せ！」

悪魔は口調を変えず、そう言葉を変えた。殺せ、と。

元の少年の人格が、何とかそう言わせているのかもしれない。

「アレク様、あまり時間が……」

エリシアの苦しそうな表情に俺は頷く。

「分かった。悪魔よ……俺の眷属になる気はないか？」

「人間の配下にはならん！　殺せ……殺す殺す殺す!!」

悪魔はそう言って、再び大きく体をじたばたさせた。

ここまで無力化しても眷属にはならないか……。

「エリシア」

「はい」

エリシアはこくりと頷くと、悪魔に片手を向け光を宿し始める。

「お前たちの墓は必ず作る……一つだけ、頼みがある」

俺はのたうち回る悪魔に、こう訊ねる。

「お前たちの商会を……この建物を、名前を、譲ってほしい。必ず、お前たちの名誉を俺が回復する」

それを聞いた悪魔は暴れたままだ。しかし、口を噤んで、まっすぐに目を向けた。

「だから、お前も力を貸してくれないか？」

最後まで俺は眷属化したいという意思を示し続ける。エリシアの聖魔法を前に、悪魔が降伏することもあるかもしれない。

「……殺す……殺す殺す殺す！」

だが悪魔は次第にまた悲鳴を上げ、地面をのたうち回る。見ると、翼や手足が生えつつあった。

「ここまでです、アレク様……」

「ああ……」

俺が頷くと、エリシアはついに手から優し気な光を悪魔に放った。

悲痛な叫びを上げる悪魔。

しかしすぐにその叫びは止み、こんな言葉がはっきりと響いた。

「頼む……父と母が築き上げたものを、取り戻してくれ……あいつらが奪ったものを……」

俺は深く頷く。

「約束する、必ずだ」

「ありがとう……」

その声が返ってくると、ゆっくり光は消えていった。

「……安らかに眠ってくれ」

悪魔のいた場所に落ちていた白骨に、俺とエリシアは祈りをささげた。

(悲しい話ね……)

俺の頭の中の悪魔がそう言った。悪魔が言うことかと言いたいが、激しく同意だ。

祈り終えた俺はエリシアを見て言う。

「エリシア」

「なんでしょう、アレク様？」

「俺はここに、新たなエネトア商会をつくろうと思う」

エリシアは深く頷いて言う。

「再びここを活気のあるお店に戻しましょう」

（そうね。そうすれば浮かばれるってものよ）

なんだか本当に人間に近づいてきてないか、こいつ……？

俺を油断させるため、という可能性もあるが……いや、こいつはそんな賢くない。

ともかく、こうして俺たちはエネトア商会を再建することにした。

八話　改装

今俺たちは、ヴィルタスの紹介した訳アリ物件——エネトア商会の本部にいる。

「廃材はそっちに、修理できそうなものはこっち持ってきて！」

ユーリのハキハキとした声が響く。

スライムやゴーレムがせっせと散乱した本部の中を片付けてくれていた。

一方では壊れた調度品や照明を直す青髪族と、床を雑巾がけする鼠人たちの姿も見える。

俺はエネトア商会長エネトア氏とその妻、そして悪魔化した息子の墓を中庭に築くと、次に転移柱を中庭に設置した。

これで、ローブリオンとアルスとも皆、自由に行き来できるようになった。

今は早速、眷属の皆にここの掃除をお願いしている。

おかげで荒れ果てていた建物内は、もうだいぶ綺麗になってきている。

「ちょっと、セレーナ、ティア！　何やってるの!?」

ユーリの声に、カーテンの隅から外を覗(のぞ)いていたセレーナとティアは体を震わせた。

「わ、私はただ、外から何者かがやってこないか、警戒しているだけだ！」

セレーナは振り返って答える。

「だチュー！」

鼠人のティアもそう答えた。

セレーナは古代に見た帝都が、ティアは初めて見る大都市が気になって仕方ないのだろう。

溜息を吐くユーリ。

「青髪族と鎧族に見張らせているから大丈夫って言ってるでしょ……」

「ま、まあ、もう掃除も終わるし」

俺は水魔法で血痕が付いた床を綺麗にしながら言った。

「しかし、立派な商会だな……」

今しがた、俺は本部の内部をぐるりと見てきた。

一階から三階までは店舗やら工房、取引所だったようだ。四、五階は事務所や居住空間、また地下には巨大な倉庫が備えられていた。

転移柱のある中庭は隠せば、十分隠れ家としても使えそうだ。

ヴィルタスが紹介してくれたのも、本当に俺のためになると思ってのことだろう。

「見たこともない様式の家具……海外の品々も多いですね」

エリシアの言う通り、建物に残っていた品物や調度品は帝国外で作られたものが多い。

例えば、机に残されたあれは東方大陸の水タバコのパイプだ。他にも、煌びやかな刺繍の絨毯もある。

エネトア商会は主に海外との貿易で資産を築いていたようだ。

ユーリが複雑そうな顔で呟く。

「卑怯な商人も多いですから……妬まれて、やられたのかも」

ユーリの言葉に頷く。

「ああ……でも、商売敵だけで潰せると思えない。どっかの商人がエネトア氏の紋章を至聖教団や貴族に密告したような感じかな」

でも、ただの闇の紋章持ちなら至聖教団や貴族もそこまで熱心には動かないはず。

きっとエネトア商会を攻撃する見返りに商人から報酬を得ていたんだ。あるいはエネトア商会の資産を奪取したのだろう。

「虫唾の走る話だ……」

セレーナは外を見ながら呟いた。

……やはり帝都が気になるらしい。

「……セレーナ。あとで少し外を一緒に回りますから。そういえば」

エリシアは周囲を見渡す。

ティカとネイトを探しているのだろう。

あの二人には、主に四、五階を調査させている。

すると、エリシアが何者かに気が付いたのかすぐに振り返る。

「こっちでーす」

「ネイト……」

そこにいたのは、いつの間にか現れた修道服の少女ネイトだった。エリシアの肩に手を置いている。

すぐにティカも姿を現す。

「ちょっと、ネイト！　ご、ごめんなさい。でも、エリシアさんに見つからないならやっぱり」

ティカとネイトは早速、《隠形》を付与した魔導具――《影輪》を使ったようだ。

エリシアは少し不満そうに答える。

「意識を研ぎ澄ませば、あなたたちなど簡単に捕まえられます！　……それよりも見つかったのですか？」

「はい。五階で施錠の魔法がなされていた場所がいくつかありました……主なものは、土地の権利書や諸々の資産の権利書、帝国や諸外国の貴族が発行した交易許可証、ですかね。まとめておきました」

ティカは両手で持っていた大量の書類を近くのテーブルの上に置いた。

やはり権利書は残されていたか。ウィスプに阻まれ、商売敵たちも回収できなかったのだろう。

エネトア商会の名をもらいたかったのは、非業の死を遂げた彼らの名誉を回復したい……そのためにも、これらの権利を受け継ぎたかったというのもある。

特に、交易許可証は非常に便利だ。

外国と大量の品物をやりとりしたり、外国に店を構えるためには交易許可証が必要になる。

交易許可証を得るには、身分を証明したり、地域の商人の推薦が必要だったり……もっとも多いのは、その土地の領主や貴族、役人の機嫌を取らなければいけない。

まあだいたいは贈り物をするなり、お金を積めば解決できる話だ。

もちろん、いきなり海外と交易するつもりはないが……持っておいて損はない。

どの道、名を継いだからにはエネトア商会を海外にも名が轟(とどろ)くような再び立派な商会にするつもりだ。

とはいえ、客は離れている……もちろん良い商品を出せばいずれ客もやってくるだろうが、最初は集客に苦労するはずだ。

「とりあえず、会長なり店主が必要だな」

商売の経験からいえば、圧倒的にユーリが適任だ。しかしユーリの紋章は闇の紋だ。

エリシアでもいいが……。

俺はカーテンから外を眺めるセレーナに顔を向ける。

炎の紋章を持つセレーナ。おっちょこちょいだが、【熱血】の紋章は貴族からも尊敬されるほどの希少なものだ。

会長は名誉職みたいな扱いにして……実務はユーリに任せればいい。

「セレーナ。今日からお前にエネトア商会の会長を任せる。エネトア氏の遠い親戚で、権利を受け継いだということにする」

「え？　は、はい……それはつまり」

「ああ……帝都を見たかったんだろう？　色々と行動には気を付けてもらうが、それなりに帝都を出歩ける」

「っ――拝命いたしました！　舐められないよう、それはもう着飾って帝都を歩いてやります！」

セレーナは心底嬉しそうな顔で言った。

昔の帝都にはそんな慣習があったのだろうか……まあ、今も貴族たちは宮殿で己のドレスや装身具は自慢しているが。

「服装は、エリシアとユーリに選んでもらってね……ともかく、なるべく早く営業再開といきたいところだ」

エリシアが不安そうに訊ねてくる。

「商売敵がまた潰しに来ませんかね？」

「いずれにせよ帝都で商売するなら、面倒な商売敵は現れる……」

万国通りという帝国でも最も競争の激しい場所だ。ここでは、陰謀や賄賂は当たり前。

「こちらも全力で潰すだけだ。まずは、エネトア商会から奪われた物を、返してもらうとしよう……」

俺は山のように積まれた権利書に目を通すのだった。

九話　回収

「土地はすでに俺たちの手中にある。食料品や雑貨……細々とした商品の回収はもう難しいとして」

俺はテーブルに回収ができそうな資産の権利書を置いた。

エリシアがそれを覗きこんで言う。

「……マーレアス号。帆船ですか」

「ああ。送風の魔導具と四層の甲板を備えた巨大な輸送船とある……海外との交易に使われていたみたいだな」

俺が言うとセレーナが呟く。

「船ですか。海のことはさっぱりですが、すでに使われていて外洋を航海しているのでは？」

「そこは今、ティカとネイトに港湾区を調べてもらっているところだ」

ユーリが訊ねてくる。

「船ですかー。使うんですか？」

「ティアルスとローブリオンまでは転移柱があるからね。どこか知らない土地に行くぐらいしか使い道がない……だから、大事なのは船というより」

エリシアが察したように呟く。

「誰が奪ったのか、ということですね」

「ああ。これだけ大きな資産を持っていくやつだ。エネトア商会を追い詰めた中心人物だろう」

俺の言葉を聞いたセレーナが声を上げる。

「そいつのところに殴り込むわけですね！」

「手は出すなよ……でもまあ、報いは受けてもらう」

そんな中、商会の入り口がぎいっと開いた。

「なっ、なんだ!?」

セレーナが慌てる中、ばたんと扉が閉じるとティカとネイトが姿を現す。

ふうと安堵(あんど)するようなセレーナに、エリシアが呆れたように言う。

「驚きすぎですよ、セレーナ」

「し、仕方ないだろ？　まだお化けが残っていると思うじゃないか」

まあ確かにちょっと心臓に悪い。外から見れば、ウィスプの仕業と思われるかも。

今後のためにも、裏口や地下通路を造ってもいいかもな……。

帝都の地下水道と接続してもいいかも。帝都全体に地下水道は張り巡らされている。スライムなどもいるせいか、あまり人も近寄らない。

二人は俺のもとに戻ると、片膝を突く。

「ただ今戻りました、アレク様」

「ました」

「ご苦労だった。それで船は？」

ティカが答える。

「港湾区にありました。ちょうど改装中だったようで、たくさんの改装業者がいました。船尾に書かれたマーレアス号という船名を塗り替えているのも見たので、間違いないかと」

「改装？　……それで、誰が船を所有していた？」

「所有者かは分かりませんが、トーレアスという男が改装を依頼した男のようですね。エネトア商会の所有していた港湾区の倉庫も、そのトーレアスが押さえているようです」

「トーレアス……どこかで聞いたような」

「恐らくですが……」

ティカは大通り側の窓の近くに立つと、カーテンを少しだけ開けた。

「目の前の建物を所有しているトーレアス商会。その会長と思われます」

万国通りを挟んで向こう側には、このエネトア商会の本部に負けないほどの建物があった。看板に目を凝らすと、確かにトーレアス商会とある。

セレーナが言う。

「こんなに近くとは……」

「近いからこそ、エネトア商会を潰したかったのでしょうね」

エリシアはそう呟くと、何かに気付いたように脇を見る。

そこには、長大なクロスボウを組み立てるネイトが。

「だけど、狙撃にはもってこい。アルスで作った新型のロングクロスボウを試すいい機会」

「馬鹿もん！　殺してどうする！」

セレーナの声に、ネイトは「そういう流れじゃ」と答える。

「エネトアさんたちがされたことを考えれば気持ちはわかるが……なるべく、事を荒立てたくない」

「ならば、私が殴り込むのも」

俺はセレーナに頷く。

「考えものだな。至聖教団が裏にいると見ていい。単に権利書を見せて船を返せといっても、簡単に退く相手じゃないだろう。文書の偽造だって平気でやるはずだ。何か弱みを握る必要がある……」

俺自身が商会に忍び込むか。《隠形(ハイド)》や《転移(ワープ)》を使えばそう難しいことではない。

だがその前に……。

「そういえばティカ。船を改装していると言っていたな？」

「え、はい。それが何か？」

「いや、ただの輸送船として使うなら改装する必要もないはずだ。船名を変えるぐらいなら分かるが……何か変わった様子はなかったか？」

「そういえば……檻(おり)や拘束具を大量に積んでいるのを見ました」

「ほう……奴隷取引か」

人間と奴隷は帝国全土で禁止されている。

一方で魔物の奴隷取引は、指定された区域では許可されているのだ。例えば、ヴィルタスの隠れ家があった地区などでは奴隷取引が許されている。

だが魔物の奴隷なんてよくやるものだ。

従属魔法で従魔にされる魔物は弱い種が多く、たいした価格では取引されない。あまり儲けもでないのだ。

それに魔物が嫌悪される帝国では、奴隷商は卑しい職業と思われている。嫌悪されているからこそ、取引できる地域が指定されているのだ。

天下の万国通りに店を構えるような商会が奴隷取引なんてやるだろうか。

何か怪しい匂いがするな。禁止されている魔族の取引を扱っている可能性もある。

本当は何を取引しているのか突き止めれば、トーレアス商会の弱みを握れるかも。

とはいえ、握ってどう白日の下に晒(さら)すか。

ここはヴィルタスを巻き込ませてもらうか……それに、トーレアスという名にどこか聞き覚えがあるのだ。ヴィルタスなら何か知っているかもしれない。

十話　トーレアス商会

俺はエリシアと共に、ヴィルタスの隠れ家に来ていた。

「あの拠点を……もう使えるようにしただと!?」

ヴィルタスは半裸のまま、目を丸くして言った。

俺は隣に立つエリシアに顔を向けて答える。

「あ、ああ。エリシアの聖魔法がすごくて」

「私などはそんな」

謙遜するようなエリシアに、ヴィルタスが呟く。

「綺麗なだけでなく、魔法の腕も達者とは……どうか、俺の従者になってはくれないだろうか!?　……なんなら、俺の妻に」

エリシアの前で片膝を突き、色目を使うヴィルタス。

しかしエリシアは「嫌です」と即答した。

恍惚とした表情のヴィルタスは、近くにいた魔族の女性に腕を引かれ椅子に座らされる。

綺麗な女性には本当に目がないな……。

俺は溜息を吐いて言う。

「ともかく拠点はこれで俺のものでいいんだな、ヴィルタス？」

「約束だからな……だが、本当にもう大丈夫なのか？　夜、突然またお化けが出たり……」

「それはない……根源を断ったからな」

「根源？」

首を傾げるヴィルタスに、俺はエネトア氏について話した。当然、悪魔となった息子のことだけは黙っておく。

「首謀者はトーレアスか。新興の商会の長だな。十年足らずで万国通りに店を構えたっていう……開店のとき俺も見かけた。真面目そうな、三十ぐらいの男だった気がするが」

「至聖教団とのつながりは分かるか？」

「それは分からないが、神殿の熱心な後援者としても知られている。お前にとってはお化けより厄介な相手だな」

ヴィルタスは他人事のように言った。

「そこらへんは気を付けるつもりだ……それより、トーレアスが奴隷取引をしているってのは聞いたことあるか？」

「その奴隷ってのは……まさか魔族ってわけじゃないよな？」

「可能性は高い」

俺がこくりと頷くと、ヴィルタスは近くの魔族の女性に顔を向ける。

女性は腕を組みながら答える。

「うーん。強引に連れていかれるやつは、この地区にはいないわねえ。でも最近、南方で稼げる仕事があるって人手を大量に募集している奴がいるみたいで……ほら、うちの従業員も二人、それに行きたいってやめたでしょ」

「そういや、いたな。どっちも姉妹を学校に行かせたいからもっと金がほしいって……どっちもやめさせるのは惜しい別嬪だった」

心底悔しそうに言うヴィルタス。

「まあ、稼ぎのいい仕事に移るのは珍しくもなんともない。人手が大量に欲しいなら、仕事のない魔族が多い場所で声をかけるのも頷けるし」

ヴィルタスの声に、魔族の女性もうんと頷く。

「そうねえ。たしかに、おかしなことではないわね」

俺は魔族の女性に訊ねる。

「その、南方の仕事っていうのはどういう仕事なんだ？」

「ローブリア伯領で防鎖を直す仕事だそうよ。あそこは、魔王国とも近いって聞くだろ？　最近、ローブリオンって街で魔王国によって防鎖が破壊されたって、帝都でも話題になってたじゃない」

女性の言葉にヴィルタスは何かに気が付いたような顔をすると、こちらに目を向けた。

「それを救ったのが、愛しの我が弟アレクだったな。防鎖は本当に壊されたんだろ？」

「ああ……だけど、おかしい」

「おかしい？」

俺は頷いて答える。

「ローブリア伯は魔族ではなく人間に修理させると言っていた。防鎖を破壊したのが魔族の職人集団だったからだ」

「魔族は信用できないからってことか。そもそも帝都から呼び寄せていたんじゃ、いつ直るか分からない」

「そうだな。それに募集されている魔族は、特に職人というわけでもないんだろう？」

女性はうんと頷く。

「動けるなら誰でもいいって言っていたわね」

「そうか……しかも、トーレアスが奪取したエネトア商会の船には拘束具や檻が運び込まれていた」

俺の声に、ヴィルタスは急に立ち上がる。その顔は、いつになく真剣なものだった。

「トーレアス商会に行ってくる……」

「待て、ヴィルタス。正面から行っても、まず入れてもらえない」

「なら、正面から殴り込むだけだ！　二人が危ない!!」

必死なヴィルタスに女性は驚いているようだった。

俺もこんなヴィルタスは見たことがない。

元従業員がどこかへ売られるかもしれない、それが心配なのだ。意外と人情に溢れているのがこの男だ。いや、お気に入りの女性だっただけかもしれないが……。

「焦る気持ちはわかる。だから、ここは俺に任せてくれないか？　計画がある」

「計画？」

「ああ」

自分より小さな子供の計画など……とヴィルタスも普通なら思っただろう。

だが俺はローブリオンを救い、エネトア商会を取り戻した。一方でヴィルタスに策があるわけでもない。

ヴィルタスは息を整えるとこう訊ねてくる。

「聞かせろ……」

俺はヴィルタスに計画を伝えた後、エリシアと共にエネトア商会に戻るのだった。

■■■

「こんな服……必要か？」

俺はいつもの貴族が着るようなコートから、蝶ネクタイにシャツと短パンという格好をしていた。

そんな俺を、エリシア、ユーリ、セレーナがまじまじと見つめる。

メイド服ではなくエプロンドレスを着たエリシアは、鼻息を荒くして答える。

「必要です！《隠形》が使えなくなる可能性もありますから！私がアレク様の母で、アレク様が息子……帝都民の一般的な親子が少しおめかしした、という設定でいきましょう！こんな感じで……失礼します！」

そう言ってエリシアは俺と手を繋ぎ、「お買い物ですよ、アレク」とニヤつく。

手をぶらぶらとさせるエリシアに俺は淡々と答える。

「絶対、必要ないと思うけど……《隠形》で忍び込むわけだし」

まあ、トーレアス商会の中で聞き込みが必要の可能性もあるかもしれない。もしものとき身分を偽れるように、この格好でもいいか。

「それじゃあ、トーレアス商会に向かうとしよう。ティカ、確認だが港湾区の倉庫は？」

「トーレアス商会関連の建物五軒を調べましたが何も……残すは、商会本部の地下にある扉だけです。そこは高級な施錠の魔導具が使われているようで」

「いるようで」

ティカとネイトには、俺がヴィルタスに会っている間、簡単にトーレアス商会を調べてもらった。

表向きは普通の商会だが、本部の奥に怪しい場所があるというわけか。

「《転移》が使える俺の出番だな……魔族が商会本部に入るのも目撃されている」

その扉の向こうに秘密があるはずだ。

「よし、もしもの時は皆、計画通りに……エリシア、手を離してくれ。行くぞ」

そうして俺は自分とエリシアに《隠形》をかけて、エネトア商会本部を出た。

向かうは、大通りを挟んで真向いのトーレアス商会本部。

一分もかからず、俺たちはトーレアス商会の手前にやってきた。

「大陸南西部で獲れるカカオだよ!! 珍しい豆が、今だけこの価格!! 帝都ではトーレアス商会が最安値だよ！」

商会の前では、雑に置かれた大量の樽を背に男が叫んでいた。トーレアス商会の従業員だろう。

男はココアの原料になるカカオ豆を売っているようだ。

しかも相場よりも安く売られている。

そもそもカカオ豆自体、帝都で売られているのは珍しい。

そのためか、大量の人がカカオを買い求めていた。

「ありがとう！　でも、そのままじゃ飲めないよ！　よかったら専用の粉挽き機も安くしとくから買ってくれ！　砂糖もあるよ！」

一方で粉挽き機はそれなりの価格。砂糖も相場より少しだけ高い金額だ。抱き合わせで売っているのか。

カカオ豆の入った樽には、どれも不自然に削られた跡がある。エネトア商会の焼印を削った。

奪った品で金儲け……っと、ヴィルタスも来てるな。

商会の前では、不機嫌そうな顔のヴィルタスが来ていた。本来であれば自分が殴り込みたいのだろう。

「俺に任せておけ……行こう、エリシア」

ヴィルタスには声をかけず、俺はエリシアに囁いた。

「はい」

俺はエリシアと共に、姿を隠したままトーレアス商会の中へ入るのだった。

中には、これまたたくさんの客と外国の品々で溢れていた。

ここの樽や木箱も削られた跡がある。元はエネトア商会の品物のものに違いない。

人混みや陳列棚を避けながら俺たちは進んでいく。《転移（ワープ）》があるのでぶつかりそうでも、すぐに移動できる。

目指す先は、白いカラスの彫像の近くにある階段だ。

ティカとネイトによれば、その階段の地下に強力な施錠の魔導具で閉じられている扉があるらしい。

「あそこか……うん？」

だがもう少しで彫像というところで、俺は人だかりができている場所に気が付く。

豪華な装飾の扉を前に、使用人、護衛、貴族の子供が集まっていた。

それが皆見覚えのある者たちだったので、俺も思わず足を止めた。

そして、扉から出てきた者も俺の知っている者だった。

「――なかなかいい服だ！【聖神】の紋章を持つ僕に相応（ふさわ）しいきらめきだ!!」

扉から出てきたのは、煌びやかな白いコートに身を包んだルイベルだった。

扉の向こうは試着室で、ルイベルは服を試着していたらしい。

「お似合いでございます、ルイベル様！」

「麗しいルイベル様が、さらに麗しく！」

取り巻きの貴族の子はルイベルを口々に称（たた）えた。

「いやあ、なかなかいい服ではないか。トーレアスとやら」

ルイベルの声に、白いコートを着た内気そうな青年が片膝を突く。

白手袋を嵌め、金のネックレスなどで着飾っている。この青年がトーレアスか。

トーレアスは顔を上げると、精一杯の笑顔を向けて答える。

「ルイベル殿下のため大陸全土から金銀宝石、魔鉱石を取り寄せたのです！　装飾にもこだわりましたが、更に多くの魔力を扱えるようになっております」

「ふむ、気に入ったぞ。これをあのアレクに見せてやりたいところだ！」

ここにいるが……気づかれてないようだ。

「トーレアスとやら、これからもこの店を使ってやる!!」

上機嫌な顔で言うルイベルに、トーレアスは頭を下げて言う。

「ははぁ！　ありがたきお言葉でございます！　一階でも多様な海外の品々を取り扱っております。どうか、好きな物を好きなだけお持ちになってください！」

「そうさせてもらう！　……ビュリオスは本当にいい商人を紹介してくれた！」

そう言うと、ルイベルは鼻歌を響かせながら店内を回り始めた。あれもこれもと次々と指さし、従者に持っていかせる。

ルイベルがいた……いやそれよりも。

俺は従者に交じっていた神官服の男に気が付く。

こいつは、帝都神官長ビュリオスだ。至聖教団の恐らくは中心的人物。

トーレアスはそのビュリオスに頭を下げる。

「ビュリオス様……この度は、ルイベル殿下にご紹介いただきありがとうございます」

「ルイベル殿下の周りには多くの貴族が集まります。そのルイベル様お気に入りの商会となれば、貴族の来客も増えるでしょう」

「仰る通りです。本当にお礼の言葉もございません……ビュリオス様には感謝してもしきれません」

「言葉ではなく、謝意は行動で示していただきますよ。あの土地がウィスプの溜(た)まり場(ば)になったとはいえ、約束は約束」

やはりビュリオス……至聖教団がエネトア商会に関わっていたか。

トーレアスは慌てた様子で答える。

「も、もちろんです！　すでに高値で売却ができましたし！　ですが、不足分はもう少々お待ちください！　いい商売が見つかりまして！　一か月後には必ず！」

「……まあ神殿にもあの建物について討伐依頼がきて報酬が入っているから、よしとしましょう。それに、あなたの手腕には期待しています」

「ありがとうございます！　これからもビュリオス様についていきます！」

「ええ……がっかりさせないでくださいね。でなければ、あなたも義兄のように……」

「は、はい！」

頭を下げるトーレアス。

ビュリオスは不気味なほどの穏やかな笑みを見せると、すぐにルイベルの後を追った。

トーレアスは頭を下げ続けた。

しかし、やがてこちら――ではなく、白いカラスの彫像をぼうっと見つめる。しばらくすると、ルイベルのもとへと早歩きで向かった。

「やはり至聖教団が関わっていたか……」

……むしろ、やつらの勢力を削ぐいい機会になりそうだな。

「行こう、エリシア。〝いい商売〟の正体が奥にあるはずだ」

「はい」

俺とエリシアは奥を目指すのだった。

十一話　潜入

「この扉だな」

トーレアス商会本部の奥にある階段を下っていくと、すぐに巨大な金属の扉が見えた。

その前の空間では、見張りであろう者たちがやる気のなさそうに腰を落としていた。昼なのに酒を飲み、何やら駒で賭け事をしているようだった。

エリシアが俺の隣から訊ねる。

「見張りは五人ほど……ただの倉庫にしては厳重ですね。いかがします？」

「殺すのは色々と問題がある。眠らせられるか？」

「はい。安眠させるための聖魔法がございます。それで」

エリシアは見張りたちに手を向けると、光を放った。

すると衛兵たちはばたんと倒れ、皆ぐうぐうと深い眠りに落ちた。

「尻を叩いても一時間は起きないかと。修道院のやんちゃな子供で実証済みです」

「あ、ありがとう、エリシア」

《安眠》……聖属性魔法で、人々を深い眠りに就かせる。本来は治療に用いられる魔法だ。

ともかくこれで見張りは無力化できた。

さて、肝心の扉だが……扉の向こうには多くの魔力の反応がある。やはり何者かが囚(とら)われているのは間違いない。

扉自体は魔導具の錠前で施錠されているが、アルスの地下水路のものよりは簡単に開けそうだ。

「まずは、《転移(ワープ)》で中の様子を見よう——っ!?　これは……」

エリシアと共に《転移(ワープ)》した先では、多くの者が力なく横たわっていた。

石造りの倉庫。壁には松明(たいまつ)がかけられ、あちこちに桶(おけ)やら木箱が雑に置かれていた。

漂う異臭は言葉にしたくない……ありとあらゆる原因で生じた腐臭だろう。

そんな窮屈な場所で数十名の魔族が横たわっている。

腰を落としている者もいるが、生きているのか死んでいるのかさえ分からないほど衰弱している者もいた。

いや、もうすでに……。

見ると皆、服がズタズタだ。痛々しい傷跡を見せている者もいる。

一部の者は反抗的だったからだろうか、壁に鎖で拘束されていた。

「早く解放しないと……」

姿を見せるわけにはいかない。彼らは罪人ではないから、眷属にする必要もない。

だからそのまま扉を開き、解放しよう。

扉を開けば誰かが必ず外に出ていく。

一人外に逃げればヴィルタスが呼んでくれている衛兵が事態に気が付くはず。

問題はたまたま居合わせたルイベルとビュリオスだが……ヴィルタスがいる手前、もみ消すのは難しいと判断するはずだ。

「エリシア……皆に聖魔法をかけてやってくれ。俺は扉を開く」

「かしこまりました……」

エリシアの顔は暗かった。

聖魔法をかけようが、もう手遅れの者もいる。エリシアも魔族だから思うところはあるはずだ。

倉庫にまばゆい光が広がる中、俺は解錠の魔法で扉を開いていく。

体が回復しているのに気が付いたのか、むくりと体を起こす者も現れた。

「なんか、体が軽い？」

「動けるぞ……」

「傷が浅くなった!?」

エリシアの魔法で皆が癒えていく中、がちゃりと音が響く。

俺が解錠に成功した音だ。

「おい……まさか……外に行ける！」

魔族の男はすぐに扉を開いて言った。

「見張りも寝てる！　外に逃げるぞ！　衛兵に通報するんだ！」

男の声に、魔族たちは外へと走り、階段を上がっていく。

やはりというか、動けない者もいた……彼らは衛兵に任せよう。

「よし……上の様子を見に行こう」

「はい」

俺たちは一階へと《転移(ワープ)》する。

するとそこでは逃げる魔族と、それを見てどよめく客たちがいた。

「な、なんなの!?」

「どうして魔族がこんな場所に……というか、どうして皆傷だらけなんだ？」

一方で、ルイベルとビュリオスも唖然としている。

「ま、魔族が何故ここにいるのだ、ビュリオス？」

「さ、さあ……実に汚らわしいですね」

ビュリオスはルイベルにそう答えると、立ち尽くしているトーレアスを横目で睨む。

だがすぐにトーレアスが声を上げる。

「お、お客様、落ち着いてください！　どうやら、魔族の盗賊団が我が商会に入ったようです！」

そう言うが、魔族たちの手には何も握られていない。

誰が見ても、盗賊団とは思えなかった。

何ともいえない雰囲気の中で、トーレアスは外へ逃げる魔族たちを追う。

「ま、待て！　泥棒！」

しかし外では、衛兵に縋(すが)る魔族がいた。

「助けてください！　この男が、私たちを地下に閉じ込めて……もう、死んだ者も！」

「ずっと暴行されていたんだ！　飯もカビの生えたパンを渡してきて！」

殆(ほとん)どの衛兵も魔族を蔑視している。

だが魔族たちのただならぬ様子と、すでに周辺が騒然となっているのを見れば、このままにはできない。

衛兵の隊長らしき男がトーレアスを問いただす。

「魔族はこう主張しているが、本当なのか？」

「ま、まさか！　そんなはずはない！　そいつらは盗賊団！　出まかせを言っているだけだ！」

あわててトーレアスが答えるが、苦しい言い訳だった。誰も魔族たちの様子を見て盗賊とは思わない。見ていた市民も、人身売買だろうと噂(うわさ)し始めた。

隊長はトーレアスに言う。

「すでに魔族がこの周辺で行方不明になっているという通報が入っている。あなたはトーレアスだな？　……地下を調べさせてもらうぞ」

「ま、まま、待ってください」

汗を流しながら、トーレアスは肩をがたがたと震わせる。

だがそんな中、商会の中から声が響く。

「お待ちなさい」

「あなたは……！」

衛兵たちは商会の中から出てきた者たちに、すぐに片膝を突いた。

出てきたのはビュリオスとルイベルたちだった。

ビュリオスが隊長に言う。

「トーレアスは、その魔族どもを元々引き渡すつもりだったのでしょう。日々、トーレアスは窃盗の被害に悩んでいるようでした。あなた方がしっかりと取り締まらないから、いけないのです……そう思いますよね、ルイベル殿下？」

「ん？　ああ！　さっさとその汚らわしい魔族どもをどこかへ下げよ！　僕の買い物を邪魔するな！」

ルイベルの声に、衛兵たちは一斉に頭を下げる。

「は、ははあっ！」

すぐに衛兵たちは魔族を連行しようとする。

トーレアスは心底安心したような顔で、深く息を吐く。

しかし、そこに一人の男が現れた。

「それはおかしいんじゃないか？」

「……何？　あ、あなたは!?」

衛兵は声の主に振り返ると、目を丸くする。

ルイベルもまた、あっと声を上げた。

「ヴィ、ヴィルタス兄上！　何故、ここに？」

ようやくヴィルタスが口を挟んだ。

なかなか名乗り出ないものだから、一瞬見逃すのかと不安になってしまった。

「俺はいつでも宮殿の外にいるだろ？　……そんなことより、そこの神官。さっきの言葉は裏があるのか？」

ヴィルタスの問いに、ビュリオスは一瞬間を置いてから笑顔で答える。

「……いいえ。私はただ、そうかもしれないと」

見る見るうちにトーレアスの顔から血の気が引いていく。

「だそうだ、衛兵。地下を調べたほうがいいんじゃないのか？」

ヴィルタスがそう言うと、ルイベルが口を挟む。

「あ、兄上！　魔族の肩を持つのですか!?　このトーレアスとやらは、素晴らしい男です！」

「子供の戯言に耳を貸すな、衛兵。どう考えても、この状況は異常だろう？」

第四皇子と第七皇子では、第四皇子の声に耳を傾ける……という決まりはない。しかし、すでに多くの市民が目撃している中、調べないわけにはいかない。

隊長はこくりと頷くと、衛兵たちを商会本部に乗り込ませる。

「冷や冷やしたが、ヴィルタスは口を挟む機会を窺っていたか……」

俺が呟くと、エリシアが訊ねてくる。

「あの二人に嘘を言わせるのを待っていた、ということですか？」

「ああ、そんなところだ」

ヴィルタスは、ルイベルとビュリオスに喋らせ、二人が何か失言をしないか窺っていたのだろう。

それに対して、ビュリオスはやはり賢かった。そんなヴィルタスの思惑を察して、すぐにトーレアスを切り捨てた。

ルイベルは……まだそこまで考えが及ばなかったのだろう。自分に異を唱えたヴィルタスを今も訝しそうに見ている。とはいえ、ヴィルタスは【万神】の持ち主だから、ルイベルも強くは出れない。

「意外だな……もっと馬鹿正直に、最初から魔族と衛兵の前に姿を現すと思ったが」

「ヴィルタス様も、あの二人が気に入らないのでしょうか？」

「それもあるかもしれないが……」

それだけとは思えない。

ヴィルタスは傷ついた魔族たちを魔法で癒し始めた。

魔族嫌いの市民だが、ヴィルタスは慈悲深いと口々に称える。

「ヴィルタスはもしかすると帝位を……」

ルイベルとビュリオスの評判を落とせば、自分が帝位を継承する際有利になる。

しかし、ヴィルタスは金と女のことしか頭にない男だ。考えにくい。

ともかく、ルイベルとビュリオスも黙って見ているしかなかった。

トーレアスは俯き、足を震わせていた。

そんな中、衛兵の一人が戻ってくる。

「報告します、隊長！　地下、魔族の死者が多数！　現在も十数名が生きていますが……酷い怪我です。拘束具などがあり誘拐の疑いがあります！」

「そうか……すぐに生存者の搬出を。検分に立ち会っていただけるかな、トーレアス殿？」

隊長の声に、トーレアスは何も答えない。

すると、ビュリオスが天を仰ぎながら突如こんなことを口にした。

「なんとも醜い……ああ、聖なる神よ！　何故、人の子がこのようなことをなさるのでしょうか？　――そうか！」

ビュリオスはかっと目を見開くと、トーレアスに近付き無理やりその手を取った。

「ビュ、ビュリオス様？」

「分かる……私には分かるぞ！　こいつは悪魔の傀儡だっ！　皆、刮目せよ！」

ビュリオスはトーレアスの白手袋を引きちぎると、トーレアスの手を高く掲げる。

「あ、あれは……!?」

「闇の紋だ!!」

トーレアスの手の甲に浮かぶ黒い紋様を見て、市民たちはざわつきだした。

「やはり、聖なる神のお告げ通り、こいつは闇の紋の持ち主だった!!　だからこそ、このような罪深いことができるのだ！　この悪魔め！」

ビュリオスから手を離されたトーレアスは、そのままへなへなと腰を落とした。

転んでもただでは起きないか。

恐らく、ビュリオスは元々トーレアスが闇の紋の持ち主ということを知っていた。さっき盗み聞きした話からすると、この事実を弱みとして握り色々と金品を要求していたのかもしれない。

闇の紋の持ち主は悪人なんだと、市井の人に思わせる……だけでなく、恐らくは……。

俯いていたトーレアスは、突如笑いを響かせた。

「ははっ……ふふ……ふはははははっ!! ――悪魔っ!? そうだ、俺は悪魔だ!!」

市民たちはもちろん、ビュリオスもその様子に身を引く。

「……金のためなら、義兄弟とその家族も売った！ あんなに良くしてくれた……昔からずっと憧れだった恩人を俺は売ったんだ！ これを悪魔の所業と言わず、何と呼ぶ!?」

トーレアスの目は、エネトア商会に向く。

「あの人は、あんなに冷たく突き放した俺のことを最後まで黙っていた……俺が売ったとも知らずに……」

エネトア氏とトーレアスは義兄弟だった、か……。

互いに闇の紋を持つ者同士、それを隠しながら生きてきたのだろう。元々商売敵などではなく、仲が良いから近くに商会を持った。

その結末がこれか……。

「皆、よく聞け!! エネトアとその家族は悪魔などではない――悪魔は、この俺だ！ 人間の皮を被(かぶ)った哀れな悪魔!! それが俺だ!!」

「そうか、トーレアス……あいつか！ どこかで聞き覚えがあるかと思ったが」

――やり直し前、トーレアスは帝都の神殿で悪魔化した。そして神官と多数の市民を殺したのだ。きっと、そこでもビュリオスに利用されたのだろう。

俺はトーレアスの体が不気味に震えるのを見て、エリシアに言う。

「――エリシア！」

「はい！」

俺たちはすぐに人混みの後方の死角で《隠形(ハイド)》を解いた。

しかしトーレアスはすでに、周囲に黒靄を発しているのだった。

十二話　露見

「悪魔だっ!!　やはり悪魔だったのだ!!」

黒靄に包まれるトーレアスを見て、帝都神官長ビュリオスは顔に喜色を浮かべ叫んだ。

しかし周囲は騒然としている。市民の誰もが、一目散にこの場から逃げ出した。

皆、悪魔が非常に強力だと知っているからだ。

そんな中、ビュリオスは好機と言わんばかりに、ルイベルに熱い視線を送った。

「殿下、今です！　今こそ、【聖神】を持つあなたの力をお示しになるのです!!　悪魔めに、聖なる魔法を!!」

「う、うむ！　――皆の者、安心しろ!!　このルイベルが聖なる神の力で、やつを消し去ってくれる!!」

ルイベルはトーレアスに両手を向け、高らかに宣言した。

【聖神】の持ち主の聖魔法は非常に強力だ。それこそ、悪魔を一撃で屠(ほふ)ってもおかしくない魔法を放てる。

しかし、ルイベルはまだ子供――

眩(まばゆ)い光がルイベルの手から放たれる。

大きく眩(まぶ)しく、確かに強力な聖魔法だった。

ルイベルの光に、周囲の者たちは思わずおおと声を漏らした。誰もがルイベルの勝利を確信しただろう。

光はそのままトーレアスに迫る。

「どうだ!?　これが僕の力だっ!!」

得意げな顔で叫ぶルイベル。

だが、すぐに目を丸くする。

「――なっ!?　僕の聖魔法が!?」

光は突如現れた漆黒の壁に、すっと吸い込まれてしまった。

漆黒の壁が消えると、そこには黒い鎧に身を包んだ悪魔がいた。

悪魔は手をルイベルに向けると、紫色の光を掌に宿し始める。

「あ、あ……お、おい！　だ、誰か!!」

ルイベルは足を震わせながら言うが、取り巻きや使用人、護衛すらも足が止まっている。

「お、お前たち！　ビュ、ビュリオス!!」

ルイベルはビュリオスを探すが、その姿はもう離れた場所にあった。

「衛兵！　私は神殿から悪魔祓いを呼んでくる!!　殿下をお助けしろ!!　守れなかったら、お前たちの命はないぞ!!」

ビュリオスの言葉に、衛兵たちは体を震わせながらなんとかルイベルのもとに駆け付けようとする。

しかし、悪魔はすでに紫色の光をルイベルに放っていた。

「――ひ、ひいっ!! い、い、嫌だ!! し、死にたくない!! 誰か助けて!!」

ルイベルは腰が抜けたのか、その場で尻餅をつき、路上を濡らす。

やり直し前だったら……ルイベルが大人なら、俺は見殺しにしていたかもしれない。

しかし、子供の姿のルイベルに、俺の体は勝手に動き出していた。

俺はルイベルの前に躍り出ると、手を紫色の光の前に向ける。

人の目が多いここでは闇魔法は使えない。しかし、闇の魔力なら――

悪魔の放った紫色の光を、俺は《黒箱》に吸収していく。

同時に、俺の周囲には光の壁が展開される。エリシアが聖魔法で援護してくれているのだ。

俺一人で防いだとなれば不自然に思われる。事前に、エリシアには遠慮なく聖魔法を使うよう頼んでおいた。

やがて極大の紫色の光はすっと俺の掌の中に消えていった。正確には《黒箱》の中に吸い込まれた。

後ろから震え声が響く。

「あ、アレク……」

ルイベルの間の抜けた顔が頭に浮かぶ。

だがすぐに別の声が聞こえてきた。

「小便漏らすような子供が調子に乗るからだ! 行くぞ!!」

横目にルイベルを抱えて走り去るヴィルタスが見えた。

一方の悪魔の視線はこちらに向いている。

「殺す……人間殺す!!」

悪魔は俺をぎっと睨んだ。

恨みがあるとすればビュリオスのはずだが、その後を追わずに俺と対峙している。トーレアスは完全に悪魔に体を支配されてしまったようだ。

もう一つ気が付いたのは、こいつの魔力はエネトアの息子よりも数倍多いということだ。

仮定の話ではあるが、宿る悪魔にも等級があるのかもしれない。あるいは、元の体の魔力を受け継いでいるのか。

(前の奴より強そう……)

頭の中の悪魔もそう言ってるしな……。

いずれにせよ、こいつは今まで戦った相手の中でも一番強い。

それを証明するように、悪魔はすっと消えてしまった。

《転移(ワープ)》か。

魔力は追える——上だ。

俺は手を上に向けた。そこには、再び紫色の光を宿す悪魔が。

「愚かな人間よ、死ねっ——うっ!?」

悪魔は急に姿勢を崩し、地上へ落ちてくる。

見ると、背中の翼には大きな穴が開いていた。のみならず、その穴はどんどんと大きくなる。翼が焼けているのだ。

俺はエネトア商会を横目で見た。

屋上に反射光が煌めている。

ネイトがロングクロスボウで狙撃してくれたのだ。

ボルトには聖魔法が付与してあったか。ミスリルの矢じりに、エリシアが付与してくれたのだろう。

その下の出入り口付近では、こちらに剣を持って向かおうとするセレーナと、その腕を摑んで引き留めるユーリがいた。

セレーナには待機を命じていたのに……心配してくれるのは嬉しいが。

一方の悪魔はすぐに《転移》し、なんとか地上に着地する。

「小癪な……ぬっ!?」

しかしその地上では、仮面を付けた黒衣の者が待ち構えていた。

「――こっちよ。視野が狭い典型的な駄目悪魔ね、あんた」

黒衣の者はそう言いながら、すぐに短刀を悪魔の四肢と翼に投げる。

「がっ!?」

悪魔は悲鳴を上げると、少し離れた場所に《転移》しその場でのたうち回る。こちらの短刀にも聖魔法が付与されているようだ。

黒衣の者はそのまま悪魔の肩と首、足首に、容赦なく短刀を打ち込んだ。

そうして黒衣の者……体をぴっちりと覆うような黒いスーツを着た女性は、仮面を付けた顔をこちらに向け跪いた。

「殿下……悪魔の無力化を完了しました」

こちらはティカか。

「ご苦労」

俺は短く答えた。

ティカとネイト……暗殺については色々残念だったが、悪魔祓いに関してはやはり別格だな。流れるように悪魔を無力化してくれた。

これで俺が倒したということにならずに済む。

市民たちは皆、こちらを遠目で見ている。俺ではなく、俺の部下が倒したなら不自然さはない。皇子ともなれば強い部下がいるのも無理はないと思うだろう。

エリシアがすかさず問う。

「アレク様、いかがしましょう」

「この衆目の前だ……やらないわけにはいかない。だが」

一言、声をかけてみよう。

俺は苦しそうに暴れる悪魔に声をかける。

「何か、言い残すことはあるか？」

「死ね！　死ね死ね死ね!!」

悪魔は凶暴な顔をこちらに向け鋭利な牙を見せる。今にも噛みついてきそうな感じだ。

エネトアの息子と違い、涙も見せない。すでにトーレアスの人格は消え去ってしまったのだろうか。

「もう一度聞くぞ……エネトアさんに対して、何か言い残すことはないのか？」

「死ね!!　死ね――」

悪魔は次第に落ち着くと、小さく答える。

「謝りたい……義兄上たちに謝りたい――あぁあああっ!!　死ね！　死ね死ね!!」

再び悪魔は暴れ始めてしまった。

トーレアスにも後悔の念はあったか……。

ビュリオスと関わらなければ、こんなことにはならなかったのかもな。

当のビュリオスはトーレアスを利用するだけ利用し、一目散に逃げてしまった。

俺が姿を現したのも、やつの思うようには絶対にさせないため。闇の紋を持つ者が皆悪魔になるだなんて、周囲に思わせないためだ。

俺はエリシアに向かって無言で頷く。

「楽にして差し上げましょう……」

エリシアはそのまま、悪魔を光で包む。

周囲に悪魔の悲痛な叫びが響き渡った。

しかしすぐに、その叫びは止む。
光が消えると、そこには骨と灰だけが残っているのだった。

十三話　兄弟

悪魔……トーレアスが死んだ後も周囲は騒然としていた。

トーレアスがまさか闇の紋章持ちだったとは、と皆意外な様子だった。

やがてトーレアスの遺体が衛兵に囲まれ見えなくなると、こんな声も聞こえてくる。

「あっちはヴィルタス殿下だよな……あれは」

「闇の紋を持つ皇子……アレク殿下だ」

「そんな方が悪魔を倒したのか？」

誰もが俺の存在に困惑した様子だった。

もとより喝采など期待していない。

闇の紋を持つ俺が止めに入ったという事実だけが伝われば構わない。

そんな中、悪魔に敵わず失禁してしまったルイベルについては誰も言及しなかった。

ルイベルはまだ子供だ。悪魔は誰もが恐れる存在だから、敵わず腰を抜かしても嘲笑したりはしない。

ヴィルタスに関しては弟思いだと褒める声もあった。

そんな中で、ヴィルタスはルイベルを両手で支えながら言う。

「おい、ルイベル。立てるか？」

「あ、あ……あ」

ルイベルの全身はまだ震えていた。そのせいか、上手く言葉を発せられないようだ。

あの時、ルイベルは間違いなく死を覚悟したはずだ。まだ戦闘の経験もないだろうし仕方がない。

ヴィルタスは唖然とするルイベルの使用人や取り巻きたちに声をかける。

「おい、ルイベルを頼む。宮廷に連れていって落ち着かせるんだ。あと、下着も替えてやれ」

その声を聞いてようやく、使用人たちはルイベルのもとに駆け寄った。

「る、ルイベル様、お怪我は？」

「あ、悪魔に立ち向かわれるとは、勇敢でした！」

取り巻きたちはそう声をかけるが、ルイベルは何も答えず俺を一瞥(いちべつ)する。

ルイベルは無表情……いや少し驚くような顔をしていた。

それからルイベルは宮廷のほうに足早に去っていくのだった。

ヴィルタスはこちらへとやってくる。

「いやいや、礼もなしとはな。前はあんなやつじゃなかったと思うが」

確かに紋章を授かる前のルイベルは、何かされると必ず礼を口にしていた。今では俺はもちろん、誰にも言わないのだろう。

「そう、だな……」

俺がそう答えると、ヴィルタスは笑顔で言う。

「それはともかく、さすがじゃないか！　エリシアだけじゃなく、他にも優秀な部下をこんなに」

「俺一人じゃ、悪魔に挑んだりはしない」

「そうだよな……俺も、とてもじゃないが体を動かせなかった」

その割には涼しい表情をしているヴィルタスだ。

ルイベルの救出は決して遅くなかった。俺が現れ、ヴィルタスはすぐに動き出したのだろう。

結果、ヴィルタスは周囲の市民に弟思いという印象を与えられた。

たった今見せた笑顔といい……もしかしてこいつは。

「……俺はヴィルタスが悪魔を倒してくれると期待していたんだがな」

「買(か)い被(かぶ)りすぎだ。俺は魔法なんて全く勉強してないんだぞ？」

「……身分だけであの地区の荒くれ者を従えられるとは思わないな」

そう言った瞬間、ヴィルタスが眉間に皺を寄せる。

「……何が言いたい？」

「ヴィルタスだから正直に言う。ルイベルとビュリオスを見殺しにするつもりだったたな」

帝位継承権を持つ者が一人消えれば、継承争いが楽になる。消えたのが【聖神】の紋章を持つ者だったら尚更だ。

ヴィルタスは一瞬間を置くと、やがてふっと口角を上げる。

「ぷっ……ふははははっ！　つまり、あいつらを見殺しにして俺が皇帝に近付くってことか!?　あ、アレク、歴史書の読みすぎだ！　はははははっ!!」

涙を浮かべ腹を抱え、ヴィルタスは大笑いする。やがて何とか笑いを抑えながら言う。

「はは……これはおかしい。お、俺は綺麗な女に囲まれて、お金を湯水のように使って暮らせればそれでいいんだ。皇帝なんて面倒なことはやらん」

ヴィルタスは、やり直し前と同じような言葉を口にした。いつも俺に、皇帝は面倒なだけだと言っていた。

だが、どうにも目は笑っていないように見える。演技臭いというか……まあ、もともと嘘や冗談が多いやつなのだが。

(こいつ、絶対嘘つきよ！)

悪魔がまるで推理するかのように言うが、こいつの言うことは当てにならない。

「そう、だよな」

「ああ、そうだ！　それよりも本当に助かったぞ、アレク。おかげで愛しの二人が戻ってきた！」

ヴィルタスはそう言うと、衛兵によって水を与えられる魔族たちに手を振る。

手を振り返した二人がヴィルタスの店で働いていた従業員なのだろう。

二人の魔族は泣きながらヴィルタスに飛びつく。猫耳を生やした若い二人の娘だ。

「ヴィルタス様ぁ！　怖かったよぉ」

「絶対、助けに来てくれると思ってた！」

ヴィルタスはにゃあにゃあ泣く二人を抱き寄せながら言う。

「俺がお前たちを見捨てるわけないだろう……と言いたいところなんだが、我が弟とその部下たちのおかげでな」

「じゃあ、あの扉が開いたのって」

「ああ。こいつの部下のおかげだ」

魔族の二人は俺を見てきょとんとした顔をしている。無理もない、彼女たちからすれば勝手に扉が開き、見張りが倒れていたのだから。

「あ、ああ。優秀な密偵がいてね」

俺はそう答えると、魔族の二人は感心するように言う。

「……確かに、ヴィルタス様の雇っている奴らじゃあんなことできないもんね」

「こんなに可愛いのに……ヴィルタス様より偉い！」

ヴィルタスは少し悔しそうな顔をするが、こう答える。

「とにかく二人とも。衛兵にしっかり証言しておくんだ。これはアレクの」

「待て、ヴィルタス。この件、俺が解決したということにはしないでほしい。扉はたまたま開いたということにしてくれ」

「……いいのか？」

「そのほうがいいんだ。分かるだろ？」

「なるほど。さっきのでビュリオスがトーレアスと繫がっていたのは明白だからな。分かった……二人とも、扉は勝手に開いたことにしろ」

ヴィルタスの声に、二人の女性はにゃあと頷く。それから衛兵のもとへ戻っていった。

「いや、本当にありがとう、アレク。あの二人は小さい妹や弟がいっぱいいてな。そいつらを学校に通わせたいって必死だったんだ。こっちも出来る限り給料は上げたんだが」

「他のやつらとの兼ね合いもあるからな」

「ああ、皆も上げないと不公平になる。だから妹や弟たちに働いてもらう代わりに学費を払うとか、考えてみるよ。何にしろ二人が無事で本当に良かった」

仲間思いというのはやり直し前から変わってないようだ。そこは少し安心した。

ヴィルタスはこう続ける。

「さて、お前には何か礼をしないとな」

「いいや、ヴィルタス。俺たちはそもそもトーレアスが奪った物を回収したかっただけだ。礼なんて」

協力してもらったおかげで俺が矢面に立たずに済む。敵対勢力とはいえ、真っ向から至聖教団とは争いたくない。

「受けた恩は返すのが俺の決まりだ。どんな相手にもな」

そう言うと、ヴィルタスは俺の耳元で囁くように言う。

「……うちの店には、あの二人みたいな綺麗なねーちゃんがいっぱいいる。今夜……うおっ!?」

ヴィルタスは俺の後ろのほうを見て、驚くような顔をする。

振り返ると、そこにはにっこりと笑うエリシアが。

「ヴィルタス殿下」

「そ、そうだったな。アレクにはもうエリシアが……」

「そうではなく、お年を考えてくださるといいのですが」

「ご、ごめんなさい」

すぐにヴィルタスはエリシアに頭を下げた。

「……とまあ、今のは軽い冗談だ。お前には一つ、いい話を教えてやるよ」

「いい話？」

「実はな。近々、あるお方が船でこの帝都へやってくる」

「もったいぶらずに誰か言え」

「そう焦るな……その方はな、ある王国の王女だ」

結局誰なんだよという疑問が残るが、どこかの王女など俺にとってはどうでもいい話だ。

「それがなぜいい話なんだ？」

「釣れないな。その子に気に入られれば、婚約を結べるかもしれない。その子は誰にでも分け隔てなく接する子だ。闇の紋章持ちのお前ともいい関係が結べるかもしれない」

ヴィルタスは、俺にその子と結婚させ居場所を作ってやりたい……好意的に捉えればそんなところか。

まあ実際は何か裏があるのだろうが。

「そう……」

いずれにせよ全く興味のない話だ。そもそも俺には婚約者が……いや、ユリスはもう帝都にはいない。婚約は破棄されたようなものだ。

ヴィルタスは俺の心を読み取るかのようにユリスの名を口にする。

「ユリスのことは忘れろ」

「言われなくても忘れている……俺が言いたいのはそうじゃなくて、たとえその王女が俺を気に入ったとして、王なり周囲なりが俺との婚約なんて許さないだろう」

「そう言わず、会ってみろよ。俺が紹介してやるから」

ここまで会うのを勧めてくるのには理由があるはずだ。

ヴィルタスは確か……年上好きだったな。常に年上の魔族の子を侍らせているのを見れば一目瞭然だ。やり直し前も常に年上の女性と一緒だった。

もし、その王女が年下だったら……辻褄は合うな。

「お前……まさか自分の婚約を俺に押し付けようとしてないか？」

「そ、そんなことはない！」

「図星か……」

はあとため息が漏れる。

「その子の気持ちをよく考えてみろ。気がないなら、自分の口から告げるんだな」

「そうだよなあ……」

そう言うと、ヴィルタスはトボトボと俺に背を向けた。

その背中に俺は声をかける。

「ヴィルタス」

「なんだ？」

「これからもよろしくな」

「あ？　ああ」

一瞬不思議そうな顔をしたヴィルタスだが、すぐにいつもの明るい調子で答えてくれた。

ヴィルタスとはやり直し前、仲良くやってきた。

しかしヴィルタスは、実は帝位を狙っているかもしれない。

俺がもしその障害となると判断すれば……。

だが、俺は継承権を失っているし、帝位には微塵（みじん）も興味はない。

しかも俺とヴィルタスの考えは近い。魔族を差別したりしないし、誘拐を許したりはしない。互いに衝突している問題もない。

しかし言い換えれば、何か衝突する問題があれば敵同士になるということだ。

それだけは嫌だな……ヴィルタスとはやはり仲のいいままでいたい。

ヴィルタスを見送る中、エリシアが満足そうな顔で隣から言う。

「とにかく。これで一件落着ですね」

「ああ、そうだな」

万国通りでのビュリオスの力も相当削げたはずだ。

しばらくはトーレアス商会との繋がりをなかったことにするため集中しなければいけない。これからは万国通りの商人と積極的に関わるのは慎重にならざるを得ない。

また、逃走したビュリオスを見て、ルイベルも少なからず思うところがあるだろう。

ビュリオスは失ったルイベルからの信用も取り戻さなければいけない。【聖神】の紋章を持つ皇子ルイベルは、聖の神を至上とする国を造りたいビュリオスにとって必要不可欠だからだ。

（悲しい事件だったけど、あのガキとジジイはいいザマだったわ）

頭の中の悪魔はそう言うが、狙ってやったわけじゃない。

だが俺からすれば、闇の紋章持ちを許さないビュリオスは相いれない敵である。今後も機会があれば力を削いでいくとしよう。ビュリオスが何かまたよからぬことを考える可能性もあるからな……定期的に、ティカとネイトに探らせるのがいいだろう。

「それじゃあ、エネトア商会の資産を持ち帰ろう」

「はい！」

俺はこの後、セレーナを呼んで衛兵に資産の権利書を提示しトーレアスの窃盗を報告した。そうして奪われたエネトア商会の資産を回収するのだった。

■■■

トーレアスが悪魔化した夜。

宮殿のルイベルの部屋は足の踏み場もないほどに散らかっていた。

床は粉々となった陶器やガラス製品と、びりびりとなった衣類やカーテンで埋め尽くされていた。

視線を上げれば、壁や調度品に剣で斬られたであろう跡が幾重にも残っている。

その広い部屋の片隅で、子供が一人すすり泣いていた。

と思えば、物を投げ、急に怒声を発する。

「――やめろ!! 僕をそんな目で見るな!!」

ルイベルの頭に昼間の出来事が頭によぎる。

聖魔法を放った後……死の恐怖は残っているが、それ以上に周囲の視線がルイベルの脳裏に焼き付いていた。

悪魔を前に、自分の聖魔法は全く歯が立たなかった。

その時の拍子抜けするような周囲の目に、紋章を授かる前の自分を思い出したのだ。

実際は誰も、そんな目で見ていなかったのだがルイベルの記憶ではそうなっている。

紋章を授かる前。

ルイベルが魔法を放てば、周囲からは笑い声が響いた。

こいつは駄目だ、本当に皇族なのか――嘲笑うような哀れむような言葉が投げかけられていた。

きっと、紋章も駄目なものを授かるのだろうとも噂されていた。

それでも必死に魔法の修練に励んだ。

だが、励めば励むほど、自分の無能さを理解する羽目になった。

そんな中、隣では将来を期待されるアレクがいつもいた。

何をやっても駄目なルイベルは、年も近いアレクを頼るしかなかった。

アレクは早くから魔法を上手く使え、常に人に囲まれていた。歩けば誰もが細い目でアレクを見た。

何気ない顔でアレクの隣を歩くルイベル。だがいつも嫉妬でおかしくなりそうだった。

それでも、アレクの近くにいれば馬鹿にされることはないから、近くにいるしかない。それにアレクは朝から晩まで、自分に魔法を教えてくれた。

──それだけじゃない。大貴族の子たちにいじめられた時も、アレクは自分を……

自分と悪魔の間に割って入った今日のアレクに、その日の自分を思い出すルイベル。

「……くそっ！　──くそおおおおっ!!」

ルイベルは近くの壁に力任せに魔法を放つ。

紋章を授かった日、全てが逆転したと思った。

しかしかつてのあの日のように、ルイベルはアレクに守られた。

「なんで、あいつはまだ……」

また、アレクの周りには少ないながらもいまだに味方がいた。

しかし、自分の周りの者たちはあれだけいて誰一人、守ってはくれなかった。

結局、自分はあの日と変わらず一人だったのだ。自分の周囲は皆、ただ【聖神】に媚びへつらう存在に過ぎなかった。

一方、忌み嫌われる闇の紋章を授かったアレクには、悪魔に勇敢に立ち向かう仲間がいる──アレクは闇の紋を授かっても、昔と変わらず自分にないものを持っているのだ。

すべてをアレクから奪ったはずだった。

しかし、それは幻想だったのだ。

「消えろ――消えろ、消えろ消えろ！　僕の前から消えろぉおおお!!」

自分の中で大きく映るアレクの存在に、ルイベルは叫び続けた。

紋章を授かる前も、ルイベルはこうしてただ嘆くことしかできなかった。

だがやがて力尽きたのか、床にばたんと横になる。

「必ず……必ず、あの男を消し去ってやる……今の僕には、この紋章があるんだ」

ルイベルのアレクに対する嫉妬は深まる一方だった。

十四話　活気

商会本部の中庭にあるエネトアとその妻と子の墓前で、俺は手を合わせていた。

悪魔化したトーレアスを倒してから一週間が経つ。

その間俺たちは奪われた資産を確認したり、商会の中を改装したりと、エネトア商会の再始動に向け準備を進めていた。

それと並行して、エネトア商会の資産も回収した。そのほぼすべてが、やはりトーレアスによって奪われていたようで、すでに売却された商品もあったが、倉庫や船などの高価な物はしっかりと取り戻せた。

本部の改装もすでに終わっている。

明日にでも一階の店舗部分は開店できそうだ。

合わせていた手を俺が下ろすと、隣にいたエリシアが言う。

「これで、いつでも営業が再開できますね」

「ああ。ちゃんと資産も全部戻ってきたって報告できた」

エネトアの息子との約束……奪われた物を取り戻すという約束は果たせた。

次は、エネトア商会の名誉を回復することだ。

何を以て回復したと言えるかは分からないが、ここは商会だ。やはり普通に商売ができるようになってこそ名誉を回復したことになるだろう。

明日から営業を再開しても客が戻ってくるかは分からない。

とはいえ、トーレアスがエネトア商会の物品を奪ったことは、すでに帝都の新聞で知れ渡っている。

トーレアスの悪魔化は、その日のうちに号外となった。それにはトーレアス自身が悪魔化する直前に、エネトアは悪魔でないと語ったことも記されていた。エネトア商会の悪評は次第に消えていくはずだ。

まあ、結局は商品次第だろう。

皆が買いたい物を揃(そろ)えれば、自然と客は戻ってくるはずだ。

「よし、中に戻ろう」

俺はエリシアと共に中庭から建物の中に戻った。

中庭に近い部分は工房にして、店舗部分と区切ってある。これは中庭には転移柱があるから、《転移(ワープ)》しているところを客に見られないようにするためだ。

「あ、アレク様」

「アレク様」

ちょうど、ティカとネイトが後ろからやってきた。アルスから《転移(ワープ)》してきたのだろう。

二人にはトーレアスが悪魔化してから数日、交替でビュリオスの動向を探ってもらっていた。

案の定ビュリオスはルイベルからの信用を取り戻そうと必死になっていた。

商人や貴族との面会も一切断り、毎日自分でルイベルの部屋に贈り物を持ち込んではトーレアスを紹介したことを謝罪しているらしい。

一方のルイベルは、そんなビュリオスや取り巻きの貴族たちとは一切、口を利かないのだという。代わりに、演習場の的を聖魔法でボロボロにするのに熱中しているようだ。

しばらくは変わり映えのない日々が続くはず。

だから俺はティカとネイトに、ビュリオスへの諜報活動を一旦やめさせた。今後は月に何回かなど、定期的に調べてもらうことにする。

俺は二人に言う。

「アルスに行っていたのか？」

「はい！　新商品の試射に！」

ティカはそう言って、ネイトの持つ長大なクロスボウに目を向ける。

「さすがに私たちが使うのはそのまま売れないとのことでしたので……極力ミスリルを減らした物になってます」

ネイトがトーレアスの狙撃に使ったロングクロスボウは、弓弦（ゆづる）がミスリルとなっており風魔法が付与されていた。それによってボルトを高速で、しかも遠くへ飛ばせるようになっていたのだ。

ボルトもミスリルで出来ており、聖属性の魔法が付与されていた。トーレアスの翼が焼けたのはこれのせいだ。

そんなすでに強力なロングクロスボウだったが、《隠形（ハイド）》も付与すればボルト自体も隠せると、俺も改良に加わった。

そうして考え得る限り最強のロングクロスボウが完成したのだが……それを商品として売るのは躊躇われた。

「誰かに売ったら間違いなく悪用されるからな……」

俺の言葉にティカは頷く。

今ネイトが持っているのは、弓弦に風魔法が付与されているだけだ。

それでも非常に強力なのは変わりない。普通のクロスボウの十倍以上の金額で売れるだろう。

ティカはやはり不安そうな顔で言う。

「これでも相当な威力です……作ったユーリたちの腕がいいのかもしれませんが」

「昔の私のものよりも強い。暗殺者が使えば厄介、です」

ネイトもそう答えた。

「そうか。やっぱり魔鉱石や魔導具を使った武器や道具は売らないほうがいいかもな」

俺たちだけの装備にしておこう。

店舗で売るのは、鉄製のものだけにしておく。

「商品は他にもあるし……正直、アルス近海の魚介類だけでも十分な品ぞろえだし」

ティアルス近海で獲れる魚と帝都近海で獲れる魚は種類が違う。だから、ティアルスの魚というだけで高値で売れる。

しかも、通常ならティアルスから帝都まで空輸でも二週間ほどかかるものが、ここでは一時間も経たないうちに並べることができるのだ。

　エリシアが俺に訊ねる。

「……あまり新鮮だと、怪しまれないでしょうか？」

「生きたまま船で運んできたことにすれば大丈夫だ。そんなにたくさん売るつもりもないし」

　万国通りは市民たちが普段買う日用品や食料品よりは、珍しい物が売れる場所だ。ティアルスの魚があってもおかしい場所ではない。

「ともかく、もういつでも店は開けるな」

　俺は工房にいる者たちに声をかける。

「皆、聞いてくれ。明日にはもう、店を開く。今夜はその前祝いに、宴会を開こうと思う」

　俺の言葉を聞くと、工房にいる青髪族や鼠人はおおと声を上げる。スライムたちもぴょんと飛び跳ねて喜んでいるようだった。

「セレーナに酒やごちそうを買い込んでもらっている。今日は大いに楽しんでくれ」

　歓声の中、エリシアが不安そうな顔で俺に言う。

「よろしいのでしょうか？」

「お金ならある。それに、セレーナにはここの商会長をやってもらうんだ。他の店がどんな値段で売っているのか見てもらうのも悪くないだろうと思って」

「なるほど……皆、きっと喜びます」

　帝都だけでなく、アルスやローブリオンにも眷属たちはいる。ちゃんとそれぞれ三か所で宴会を開くつもりだ。

　しかしティカが不安そうに呟く。

「セレーナだけで大丈夫かな……」

「なにかありそう」

　ネイトもそう答えた。

「大丈夫だって。ユーリや青髪族も一緒だ」

　俺がそう答える中、店舗のほうからばたんと扉が開く。

「今、戻ったぞ！　宴会のために色々買ってきた!!」

　セレーナの声が響くと、眷属たちは皆おおと声を上げた。

　俺も様子を見に、店舗の方へ向かう。

「おかえり、セレーナ……ってなんだ、それ？」

　仮面を付けたり立派な羽飾りをつけた帽子を被るセレーナを見て、俺は目を丸くする。

　その隣では申し訳なさそうな顔をするユーリが、後ろには荷馬車から荷物を下ろす青髪族の姿が見える。

　ユーリが言う。

「ご、ごめんなさい、アレク様。酒や食料は買えたんですが、少し目を離した隙にセレーナが変な物を買わされて！」

「へ、変とはなんだ！　宴会なのだ！　着飾って踊るのが普通だろう？」

セレーナが熊の仮面を付けて慌てて答えるが、ユーリはこう言う。

「他にも楽器やらなにやら……そもそも、それぐらい私たちでも作れるのに。宴会ならついでにって買わされたんです。まあ、ぼったくりとかではないですけど……」

それを聞いたエリシアはセレーナをじろりと見る。

「あなたは！　アレク様から預かったお金をこんなものに!!　アレク様、やはりセレーナには商会長は無理です！　——っ!?」

エリシアは、突如セレーナの付けた仮面の口から伸びてきた風船に驚く。膨らんだと思えば萎んで、また膨らんだ……たしか吹き戻しというおもちゃだったか。ぴいっと音が鳴ってやかましい。

セレーナは驚いたエリシアを見て喜ぶように言う。

「ほら、びっくりしただろ!?　アレク様が喜ぶと思ってな！」

人を子供だと思って……というか、もっと小さい子供でないと喜ばないだろう。

呆れる俺だが、エリシアは怒声を上げげた。

「アレク様がこんな子供騙しのもので喜ぶわけないでしょう！　こんなもので喜ぶのは、ユーリが転んだだけで笑うあなたぐらいです！」

「ひ、ひいっ！　ご、ごめんなさい！」

すぐに深く頭を下げるセレーナから、エリシアは仮面を無理やり取る。

俺は慌てて言った。

「ま、まあまあ！　セレーナの言うことにも一理ある。宴会には歌と踊りが付き物だ。それにどんな品物が帝都で流行っているかの参考にもなるし、いいじゃないか」

とはいえ、帝都の流行とは言い難い仮面だ。あまり売れてないものを無理やり買わされたのだろう……。

セレーナは熊の仮面をつけたまま俯き、声を震わせる。

「あ、アレク様……本当にお優しい……！　申し訳ありません、白状します……実はユーリの言う通り、酒を買った店で宴会ならこれもあったほうがいいと……」

「みなまで言わなくてよろしい……」

なんとなくだが、上手く言いくるめられてしまったセレーナの姿が頭に浮かぶ。

万国通りの商人は口が上手いのだ。

「まあ……万国通りの商売の勉強になっただろ？　ここの商人たちは帝都に店を構えるだけあって、皆、売り方が上手いんだ」

「はい……気が付けば財布の紐が緩んでました。本当に面目次第もございません……アレク様のお金を無駄に」

セレーナが頭を下げると、ユーリも「監督不足でした！」と頭を下げる。

見ると、ユーリの手にも怪しげな仮面が。反応が良ければ自分も付けるつもりだったのかな……。

「二人とも、そう落ち込むな。それに宴会なんだから無駄な物があってもいい……今日はともかく楽しくやろう」

「は、はい！　そしたらこのセレーナ、精一杯宴会を盛り上げさせてもらいます！」

セレーナは大声でそう答えた。

その夜、俺たちは宴会を開いた。

無駄と思われた仮面や楽器などだったが、鼠人を中心に皆、案外喜んでくれるのだった。

十五話　耳寄り情報

ついに迎えたエネトア商会の営業再開の日。

万国通りに立つ俺の前には、多くの客で賑わうエネトア商会があった。

「意外だな」

ここまで客が来るとは……。

特別何か広告を打ったわけでもなければ、客引きをしているわけでもない。

エネトア商会の看板を掲げ扉を開いただけで、徐々に客が増えてきたのだ。

やがて、花束を抱えた客も目に付くようになる。営業再開祝いか、あるいはエネトアへの手向けだろうか。

いずれにせよ、エネトア商会の営業再開を心待ちにしていた人々だろう。

エリシアがそれを見て言った。

「もともと、エネトアさんは皆から好かれていたのでしょう」

「トーレアスのことも最期まで黙っていたんだ。いい人だったんだろう……」

俺は本部の前に置いた白いカラスの模型を見て呟く。

トーレアス商会にあった模型で、トーレアスが物憂げな顔で見つめていたものだ。

底にはエネトアと記されていたので俺たちの資産として持ち帰ったが、よく見ると小さくトーレアスの帝都進出を祝うと記されていた。つまりは、エネトアがトーレアスに送った開店祝いだった。

この一件がなければどうなっていたか……。

しかし過ぎたことを悔やんでも仕方がない。

俺はエネトア商会をこれからも繁盛させる。そしてやはりエネトアやトーレアスのように闇の紋を持つ者たちを支援できるようになりたい。

「ともかく、これで帝都の拠点はひとまず完成だな」

エリシアが頷く。

「いい場所が手に入りましたね。しかし、なんだか他の商会よりも人が集まるような」

「言われてみれば」

それだけエネトアの人気が高かった……というわけではなさそうだ。買い物客の多くは、どうやら魚を求めてエネトア商会に来ているようだった。

「ここは魚の品揃えが豊富だな」

「漁師が船を出せないからか、どのお店も品薄なのよね」

魚を買って出てきた街の人たちがそう話していた。

どうやら、他の店では魚は少ないらしい。

「いいことを聞いたな……」

俺が呟くと、悪魔も頭の中で囁く。

（これは魚の値段上げても売れるわね……！）

評判が悪くなるからそれはやらないが、魚を売りまくるチャンスだ。

しかし、なぜ漁師たちは海に出られないのだろうか。

帝都に面するルクス湾に何か現れた？　あるいは単に魚があまりいないだけか。

もう少し詳しく探りたい。

俺は店に来る客の声に耳を傾ける。

すると、魚を売る青髪族に声をかける男の話に、気になる言葉があった。

「いやあ、いい魚を仕入れるね。今、帝都からルクス湾には軍艦ぐらいしか出て行かないのに」

「へ？」

青髪族が言うと、男が不思議そうな顔で答える。

「なんだお前さん。例の海賊の話、知らないのか」

他の男が口を開く。

「知らねえのも無理はねえよ。そもそも、あれは貴族の船しか襲わねえんだろ？　沈めても船員も生かして帰すって話だし。皆、怖がりすぎなんだ」

青髪族はそれを聞いて、話を合わせるように言う。

「俺たちが仕入れている相手は、皆が出せないときはむしろ儲けどきだって言っている連中だ。稼ぎたいんだよ」

「そっか。まあ、どの漁師と取引しているのか知らねえが、気をつけるよう言ってくれ。奴らは海の中から襲ってくるみてえだからな」

「言っておくよ。ありがとな」

男は店から去っていく。

話を整理すると、ルクス湾に海賊が現れ漁師が船を出せないらしい。しかしその海賊は貴族の船だけを襲うという。

とはいえ貴族の船はどれも立派。それを沈めるのだから、漁師たちも怖がる。

そういえば、ヴィルタスが王女が船で来るとか言ってたよな。王族だから貴族の船と同じく襲われる可能性が高い。襲われたら外交問題に発展するような……。

まあ、海軍なり貴族も王女が来ることは知っているから、必死に海賊を倒そうとしてるだろう。

エリシアが隣で呟く。

「海の中から襲う……つまり、人間ではない。魔物の仕業でしょうか？」

「魔王軍に所属してない魔物は、見境なく人の船を襲うはず。でも魔王軍の者なら有り得るな……貴族の船には貴重な物資が積まれている。だけど」

他の商船にもそういったものは積まれている。なぜ、貴族の船だけを襲うのだろうか。

「貴族の船を認識できるってことは、人間社会に詳しい可能性もある」

「とすると」

「ああ……人の知識を持っていて、魔物のように海に潜ることができる。魔族の可能性があるな」

「魔族、ですか」

俺は複雑そうな顔のエリシアに言う。

「貴族の船だけ襲う、という理由が気になる。ティカとネイトに少し調べてもらうよう言ってくれるか？」

「かしこまりました。ただ、それを調べてどうなさるおつもりですか？」

「向こうの事情次第では、仲間に加えたいというだけだ。海に強い味方がいれば俺たちもありがたい。もちろんただの海賊なら倒す」

「良きお考えかと存じます。早速、ティカとネイトに探らせます」

エリシアは深く頷いた。

「ああ、頼む……しかし、海か。もしかしたら早速あれが役に立つかもな」

「マーレアス号ですね。動かせる状態か、ユーリと見てみましょう」

「そうしよう」

俺たちはルクス湾に出る海賊を調査することにした。

十六話　マーレアス号

帝都の港湾区。

その埠頭の一つに俺たちは立っていた。

目の前には、四本の船柱と三層の甲板を備えた立派な帆船がゆらゆらと海面に浮いている。

これはエネトア商会の持つマーレアス号だ。

ティカとネイトにルクス湾の海賊を探らせる間、俺たちはマーレアス号の整備に取り掛かることにした。

ユーリが帆船を見上げながら言う。

「問題なく海には出せます。しかし……改めて見ると相当立派な船ですね」

「ああ。交易許可証を見ると、西のヴォルデン島や東の大陸とも行き来していたらしい。外洋の航海を何度も経験しているはずだ」

三百人は乗れる大きさ。船尾楼も高く、そのまま軍船にも転用できるほどの船だ。

しかしと、エリシアが言う。

「これだけ大きいと、動かすのも大変そうですね……」

エリシアの言う通り、相当な人手が必要になるだろう。帆柱も多いため、熟練の船員でも全ての帆を開くのに時間が必要そうだ。

青髪族には船を動かした経験のある者もいるが、数名程度。そもそも動かせるかどうか。

するともぐもぐとパンを食べていたセレーナが口を開く。

「うん？　なら、漕げばいいんじゃないか？　皆でオールを漕いで」

「ガレー船のことか？　この大きさの船なら、帆船よりももっと人手がいる」

「そこは疲れ知らずの鎧族とゴーレムに任せればよろしいかなと」

「人の目がある……まあ、甲板の中ならまあバレることはないと思うけど……海の上じゃ何が起こるか分からないからな」

遭難者を救助することもあるだろう。船に乗せて、鎧族やゴーレムを見たらなんというか。

セレーナは「私一人でも！」と能天気に言うが、さすがにこの大きさの船は一人じゃ漕げない。

「無茶だ……ここは思い切って、小さな船を作るというのも手かな。ユーリたちは船は作ったことはあるか？」

「いえ……ボートぐらいなら作れるとは思いますが」

ユーリはそう答えるが、自信なさげな表情をする。

俺たちの中に造船技術を持っている者はいない。

ならば、船大工に依頼するか。

しかし、そこそこの船を作るには結構な時間がかかるだろう。小さな船でも一か月はかかると思っていい。

「ここはやはりこの巨船を改造するか……しかし動かす人手がな」

俺が呟く横で、エリシアがユーリに訊ねる。

「そういえば、サイクロプス……あなた方のお仲間はまだ帝都に？」

「すでに西部にいる仲間とは手紙で話はついてるわ。アレク様が路銀も用意してくれたしね……でも、どんなに早くても帝都まであと二か月はかかるかな」

「そうですか。となれば」

エリシアは俺に顔を向けた。

「闇の紋章を持つ者たちを仲間に迎える件だな……そっちはどうだった？」

「信用できる者と話しましたが、やはりなかなか未知の、しかも魔境と呼ばれる場所に行く勇気はないということで……リーナだけはすぐにでも行きたいと言ってくれたんですがね。ティカとネイトの出身の修道院でも、おおむね同じような反応を示されたようです」

「まあ、魔境に住める場所があるとは思わないもんな……」

ティアルスが少しでも有名になれば、前向きに考えてくれるかもしれない。それに無理して呼び寄せても悪い。

「となると、やはり俺たちで何とかしないとな」

「そうしましょう！　魔導具を駆使すれば、人手が少なくても動かせる船が作れるはずです」

ユーリの声に俺は首を縦に振った。

「ああ。俺たちにはミスリルがある。いい船にできるはずだ」

「そうしたら、早速船の上で設計に移りましょう！」

俺たちは渡し板を歩いて、船へと乗り込む。

ユーリは船上に着くと、作業台の上にすでに船体が描かれている図を置いた。

「まずは、帆に風を送る魔導具なんてよさそうですね。セレーナの案じゃないけど、歯車と風車を利用してオールを回したり……まあ動力は模型を作って、私たち青髪族で色々考えてみます」

「そうしてくれると助かる」

俺が答えると、エリシアが言う。

「あと、もしもの時も考え、船に転移柱を作るのはどうでしょうか？」

「万が一のときは、帝都やローブリオンまで《転移（ワープ）》して逃げられるってことだな。食料や水がなくなってもすぐに補給できる。これは確かにあったほうがいいな」

エリシアの案に俺は頷いた。

ユーリもうんうんと頷きながら、船に転移柱を描きこんでいく。

「形は考えますね。柱じゃなくて薄い板にするとか……あとは、《隠形（ハイド）》や《闇壁（シャドウウォール）》を付与した板や盾を船体の各所に配置してもいいんじゃないですかね？」

「《隠形（ハイド）》は船を隠すのに、《闇壁（シャドウウォール）》は敵の攻撃を防ぐわけだな。唯一の弱点は聖魔法だが、相手は魔物だから、まず聖魔法は使わない。敵が人間だとしても船に聖魔法を撃つやつはなかなかいないだろうし……これだけで実質無敵の船になる気がするな」

俺が答えると、セレーナが目を輝かせてこう提案する。

「無敵……なんとも良い響きだ！　そうしたら今度は、船首に《炎獄（インフェルヌス）》を放てる筒を付けてはいかがでしょう!?　船首から炎をどーんと！　巨大な敵も、一撃で倒せるはずです！」

船からドラゴンのような炎が放たれるのが頭に浮かぶ。巨大な魔物ならまあ、普通にありかと思うが。

「うーん。姿を現さないんでしょ？　相手は水中なんだから、船体の各所から雷魔法を放てる柱を付けたほうがよくない？」

そう話すユーリに、エリシアは呆れるように溜息を吐く。

「全く二人とも……そもそも私たちは魔法が使えるのですから、攻撃は私たちがやればいい。それよりも、大事なことがあるでしょう？」

エリシアの真面目な口調に、俺もユーリもセレーナも顔を向ける。

「……そんなことより、アレク様が快適に船旅を過ごせるようにするほうが先決！　アルスに負けないほどのお風呂は絶対に必要です！」

語気を強め……というよりは鼻息を荒くして言うエリシアに、俺は思わず突っ込みたくなった。

全然大事じゃないと。

しかしユーリもセレーナもおおと感心するように声を上げる。

思い出したようにユーリが呟く。

「……大きめのベッドも用意しないと」

「ユーリよ。仮にも皇子が乗るんだから。船尾楼に金細工や銀細工を施したらどうだ？」

セレーナもそんなことを言うと、三人はあれもいいこれもいいと盛り上がる。

呆れて言葉も出ない。

まあ、動かせて、安全に航海できるなら……。

設計は三人に任せることにして、俺は船首からルクス湾を眺めた。

今でも多くの船が見える。大きな船だけでも百隻はあろうか。

だが通常時は、これの十倍以上の船がルクス湾を行き交っているのだ。しかも今ルクス湾に在るのは、ほとんどが軍船。

「貴族だけを襲う者たち……一体どうしてなんだろうな」

それから一週間、ティカとネイトたちの調査では海賊の正体は分からなかった。

ならば直接調べるまで。俺たちはマーレアス号でルクス湾を航海することにした。

十七話　出港

「なかなか上手いじゃないか」

「風向きに気を遣わないでいい分、舵（かじ）に集中できますからね」

舵を取るユーリはそう答えた。

俺たちは今、エネトア商会の船――マーレアス号の船上にいる。

改装が済んで、航海の訓練をしながら数日。ユーリや他の亜人たちはそれなりに上手く船を操作できるようになっていた。

セレーナが舵を握った時は速度を出しすぎて危うく転覆しかけたが……。

ともかく、俺たちはこのマーレアス号でルクス湾の調査に向かうことにした。

先ほど港湾区を出た時もそうだったが、近くの船の船員たちの誰もがマーレアス号に目を向けてきた。

無理もない。以前までの落ち着いた見た目のマーレアス号とは違う。

今では、ミスリルや金銀でやたらキラキラとした船となってしまったのだ……。

「ミスリルの板や盾は仕方ないとして、金のランプなんて必要あったか？」

俺は船尾にある大きなランプを見て言った。

人が一人中に入れそうな大きさだ。中にはミスリルの柱が見える。

ユーリはこう答える。

「夜の海は予想以上に暗いですし、いざとなれば聖魔法を放てるようになっています」

「なるほど……しかし、目立つな」

船首にはドラゴンの顔の彫刻が彫ってある。その口にはこれまたミスリルが使われており、炎魔法、聖魔法、闇魔法を放てるようになっていた。

攻撃も守備も見た目も、皇子が乗るに相応しい船……とは言えるだろう。個人的にはもう少し落ち着いた見た目にしたかったが。

「まあ、このほうがむしろ都合がいいか」

俺の言葉に、エリシアが頷く。

「敵が襲う船を選んでいるとしたら、この船は絶対に目に付くはずです」

「ああ……恐らくは、金品を積んでそうな船を選んで襲っているからな」

襲われているのは、皇族と貴族の船ばかり。この船なら必ず食いついてくるはずだ。

セレーナはこう呟く。

「光る物が好き、か……なんだか、アロークロウみたいだな」

海賊は海中に潜んでいるということぐらいしか分かってない。どんな姿かもわからないし、どんな目的があるかもわからない。

「ともかく、皆気をつけてくれ。相手は海に慣れた者たちだ」

俺が言うと、皆頷いてくれた。

だがやがて、青髪族の一人が俺に言った。

「アレク様！　何やらあちらで船が密集しています！」

その方向に目を向けると、三十隻以上の大型船が集結している場所があった。

「海軍かな……いや、あれは」

皇族座乗を示す黄金の信号旗が見える巨大な船が見える。数字は四……第四皇子ヴィルタスが乗っていることを示す旗だ。

「あいつも来ていたか。きっと例の王女の件だな……」

他の貴族たちの船もある。皇帝がルクス湾の安全を確保するよう、諸侯に命令したのかもしれない。

「つと、一斉に動き出したな」

しかし各船、別々の方向へ進むらしい。手分けして捜索するのだろう。

「バラバラになって動くか。海上戦に明るいわけじゃないが、不安だな」

セレーナは艦隊の動きを見て言った。

もし一隻が攻撃されれば他の船が助けに行けるよう近くにいるべき。そう言いたいのだろう。

「どの船にも貴族が乗っている。皆、海賊を倒した功を独り占めしたいんだ」

「それでやられたら元も子もないのに」

苦い顔で呟くユーリ。最もな話だ。

「とはいえ、俺たちとしては狙いやすいかな」

「狙いやすい?」

俺が言うと、エリシアは首を傾げた。

しかし、セレーナは俺の考えを察したようだ。

「恐らく、敵は一際孤立した船を狙うだろう。我らが突出するか、あるいは他の突出した船にすぐ駆けつければ、海賊の正体を掴めるはずだ」

エリシアとユーリは珍しく感心したような顔で聞いていた。

「うん？　二人ともどうした？」

「いや、セレーナってそういう分析できるんだって思って」

きょとんとした顔で言うユーリにセレーナが声を荒げる。

「私をなんだと思っているんだ！　私はこう見えて一つの軍団を預か……」

「待て、皆」

俺はある船を見て、皆に注意を促した。

南に向かった船が、急に揺れ出したのだ。

襲われた船はマリンベルを鳴らし、周囲に応援を呼んでいる。

「早速かかったみたいだな。俺たちも急いで向かうとしよう」

俺たちを乗せたマーレアス号は襲われている船のもとへ急行するのだった。

十八話　追跡

「追え！　あの海中にいるはずだ！」

隣の船からそんな声が響く。

今、一隻の船が海中に沈もうとしている。

そこに複数の船が一斉に向かっていた。

「飛ばします！」

ユーリはそう口にすると、舵の近くにあった取っ手を引く。

するとマーレアス号の船尾から、ものすごい勢いで水が放たれる。同時に、船が急加速した。

他の船は風向きを調節しながらのため、なかなか速度が出るまで時間が掛かる。

しかし俺たちのマーレアス号はこの水流を出す魔導具によって、すぐに最高速で船を走らせることができる。しかも風に進むよりもはるかに高速で航行できた。

貴族たちの船を追い越し、すでに船体の半分が沈んでしまった船へと一目散に向かう。

目的の場所に到着すると、ちょうど船員たちが船から脱出していた。

ボートに乗れなかった者のほうが多そうだ。見れば鎧を着て溺れかけている者までいる。

これは海中の捜索どころではないな……。

「ボートを出そう。皆を救助するんだ」

「はい！　皆、ボートを下ろして！」

ユーリの声に青髪族は一斉にボートを下ろし、船員たちの救助に向かった。

俺はその間に、すでに船柱を残し沈んでしまった船に目を向ける。

「海面から出ている場所で目立った外傷はなかった……船底に穴を開けられたか」

やはりというか、船員が襲われている気配はない。

単に沈めるのが目的なのは間違いなさそうだ。

俺は海面を見回す。高い波が立っているわけでもない。

周囲の他の船はまだそう遠くへは行ってないと思ってか、散開して周辺を探索し始めていた。

だが、そんな中、甲板の下の方からボコボコと鈍い音が響く。海中から何かを叩いているような音だ。

ユーリが声を上げる。

「まさか……私たちの船の下に!?」

「私が下の様子を見てくる！　《闇壁(シャドウウォール)》の板が張ってあるから大丈夫だとは思うが……あっ」

すぐにボコボコという音は響かなくなった。

それから少しして、下の甲板から青髪族の一人がやってくる。

「船底のあちこちを何かで叩かれましたが、やつら《闇壁(シャドウウォール)》を破れないと諦めたようです！」

どうやら船は無傷で済んだようだ。

すぐに俺は甲板から海面を見渡すが、特に大きな物体が通った跡はない。

魔力の反応は……魚のせいかなかなか掴みにくいが、少なくとも巨大な反応はなかった。

比較的、敵は小さいということか？　クラーケンなどの大型の魔物でないのは確かだ。

船底の青髪族によれば、あちこちを叩かれたと言っていた。複数の相手の可能性もある。

そんな時、少し離れた場所で別の船が突如大きく船体を揺らす。

しばらくすると、その船も沈み始めてしまった。

「また……」

新たに沈み始める船に、他の船が殺到する。

だがやはりというか、見つからないようだ。

ユーリが信じられないといった顔で言う。

「音が聞こえてから一分も経っていないのに……」

「相当な速さで海中を動いているようだな」

あるいは、相手も複数で散らばって動いているか。

「……ここの船員を救助次第、次の場所へ向かうぞ」

俺の声に皆頷いてくれた。

しかし、急行しそこで救助を始めると、また別の場所で船が沈み……

そんなことを繰り返すうちに、五隻の船があっという間に沈んでしまった。

マーレアス号は、救助した船員や貴族でいっぱいになってしまう。

俺たちは、救助した者たちを帝都に下ろさせるのだった。

「あ、アレク殿下……お救い下さり、感謝の言葉もございません！」

埠頭では、船を降りながら感謝の言葉を口にする貴族たちが。

「気にするな……それよりも、お前たちの船はどうやって沈んだんだ？」

「船底に急に何か所も大きな穴が開き……瞬く間に」

「わ、私の船もだ」

こうして降りる貴族や船員に、俺は船が沈んだ原因を聞いていた。

どの船も船底に穴を開けられ沈んでいる。今まで沈められていた船も、だいだい同じように沈んでいるようだ。

貴族たちが去ると、エリシアが隣で呟く。

「こちらも海中に潜らないと難しいかもしれませんね……ですが、湾とはいえ海は広い」

「待ち伏せも難しいだろうな。ここはやはり、俺たちの船が囮になるしかなさそうだ……だが」

すでに俺たちの船は頑丈で沈められないと気付いているかもしれない。

セレーナが腕を組んで言う。

「しかし、沈めるだけ沈めて船員は襲わない。積荷を奪っているようにも見えないし」

「貴族への恨みでやってるのかな……」

ユーリはそう言った。その可能性もありそうだが……。

俺の頭の中の悪魔が呟く。

(私なら、誰もいなくなった時に悠々と回収するわね。勿体無いじゃん)

悪魔（コイツ）にしては鋭い。

彼らは海の中を自由に動けるのだから、いつだって回収できるはず。

泳いで持ち去ることも考えられるが……結構な量の積荷が沈んでいるはずだ。彼らの体は決して大きくないはず。泳いで持てる量は限られているはずだ。

「もし船で回収するなら……暗い夜がやりやすい」

「夜、ですか」

エリシアの声に俺は頷く。

「ああ。夜、また海にでよう」

こうして俺たちは夜中、ひっそりと帝都の埠頭を出航するのだった。

十九話　正体

すっかり日も落ちた頃、マーレアス号は帝都の埠頭を発った。

人知れず、その姿を隠して――

俺はマーレアス号の船上から、埠頭で働く者たちを見て呟く。

「こっちに気付いていない……暗いこともあって上手く姿を隠せているようだな」

マーレアス号の船体には《隠形》を付与した板を張り付けてある。

それによって船が周囲の景色に溶け込み、船体の軋む音すらも掻き消しているのだ。

とはいえ海面の跡までは消せないから、近づけば簡単に見破られてしまうだろう。《隠形》自体も、俺が使うようには濃くはできない。

まあ、暗い場所なら十分すぎる。遠くからならまず気付かれないはずだ。相手が、魔力を追える者でもない限りは……。

ユーリが呟く。

「見えないってことは、向こうはこっちの存在に気が付かないってことだからね……ぶつからないよう気を付けないと」

すでに漁師の船だけでなく、海軍と貴族の船も帰港している。現に海原には全く灯が見えない。

こちらも灯がない分気を付けて航海しなければいけないが、帝都周辺は港町や漁村が多く、そこが灯となるので陸地を識別するのは苦労しない。あまり速度を出さなければ問題ないはずだ。

それはそれとして夜の海はやはり何とも言えない美しさがある。闇魔法の黒靄にも似た、安らぐような暗闇……。

しかしユーリはそんな海を見て、怯(おび)えながら舵を握っていた。

「……今にも何か出そうな」

「――わっ！」

「ひぃっ!?」

ユーリは体を大きく震わせると、突如後ろから響いた声に振り返った。

俺も目を向けると、そこにはアルスに一度帰還していたセレーナが。

ユーリが顔を真っ赤にして声を上げる。

「せ、セレーナ!!　驚かさないでよ！　船が転覆したらどうすんの!?」

「すまんすまん！　そんなに驚くとは思わなかったんだ！」

お気楽な表情で答えるセレーナに俺は訊ねる。

「連れてきてくれたか？」

「はい！　小型のゴーレムを！　これで海中も調べてもらえるでしょう」

夜の海を泳ぐのは危険だ。だから核さえ無事なら溺れることもないゴーレムを、セレーナに一応呼んできてもらった。

セレーナは首を傾げる。

「しかし、どうして夜に？　囮になるのなら、昼、一隻で行動すれば……しかもこの船の姿を隠しているのですよね？」

「相手はこちらのことが分からない。だから囮にはなれない……俺たちが今向かっているのは、昼に船が沈んだ場所だ」

「そこに何か？」

「やはりただ船を沈めている……とは思えない。仮に犯人が魔王軍だとしたら、船の大小にこだわったりはしないだろう。あそこまで大きな船を簡単に沈められるわけだし無差別に襲えばいい。王侯貴族の船ばかり襲うのには、必ず理由があるはずだ」

「つまり……沈んだ船から王侯貴族の荷物を運び出していると？」

「そういうことだな」

「なるほど……しかし、誰がそんな」

分からないといった顔のセレーナに、エリシアが呟く。

「ユーリには失礼かもしれませんが」

「気にしないでエリシア。きっと、魔族が犯人じゃないかってことよ」

ユーリはきっぱり答えた。

「私たちは体が大きいからそもそもやれなかったけど、人間から物をくすねる魔族は多い。泳ぎが達者な魔族がいたら、特技を利用しない手はないでしょう」

ユーリの言葉通り、俺はやはり魔族の可能性が高いと思っている。

生活のためにやっているのか、あるいはユーリら青髪族のように魔王軍から依頼を受けているのかは分からないが。

「まだ、確かなことは何も言えない……ともかく、船が沈んだ場所へ行こう」

俺はこう答える。

「はい」

ユーリは真面目な表情で頷いた。同じような境遇の魔族たち……ユーリも内心は複雑だろう。それでも俺に付き従ってくれている。

相手次第では、俺も命は取りたくない……もちろん、眷属や仲間にするつもりだ。

それからマーレアス号は、昼に大量に海軍と貴族の船が沈んだ付近へと到着する。

「ここからはゆっくり行こう」

俺の声に、ユーリは船を減速させる。

そうして四方によく目を凝らしながら進んだ。

そんな中、セレーナがいつもよりは少し小さな声で喋る。

「今、あっちで少し灯が見えた！」

「そっちか……どれ」

俺は意識を集中させて、海上の魔力を探る。

海中は魚も多いせいか、上手く魔力が摑めない。

しかし海上は比較的分かりやすい。

「……本当だ。人型が十名以上……だけど皆、長い尻尾を生やしている」

四肢も短く、胴体も寸胴のよう……非常に体がずんぐりとしている。

「これは……リザードマンか？」

ただのリザードマンか、混血の魔族か。

いずれにせよ、海の中を素早く移動できるのも納得だ。

彼らのばらけ具合を見るに、何隻かの船に分かれて乗っていると見て間違いない。

少し待つと、ぼうっと蝋燭の火のような灯が見えた。

それからすぐに海面から、いくつもの魔力の反応が現れる。彼らは海上の船で待つ者たちに何かを手渡しているようだった。

がしゃがしゃという音が響き、時々何か反射するような光が見えてくる。貴重品の類を積み込んでいるのかもしれない。

セレーナが言う。

「間違いない……やつらが船を沈めた犯人だ。ランプを点けて、降伏を促そう！」

「待て、セレーナ。光を点けた瞬間、船を捨てて皆逃亡するだろう。船に身元が分かるような物は載せていないはずだ」

「では、文字通り泳がせると？」

「ああ。時間はかかるが追跡しよう……どこかに拠点があるはずだ」

金銀宝石それだけでは何の意味も為さないはずだ。依頼で引き渡すにしろ、売却するにしろ一度陸へ上げる必要がある。

俺たちは、船を沈めている犯人たちを追跡することにした。

犯人は手慣れているのか、非常に手早かった。数十分後には沈没船から貴重品の引き上げを完了したようで、犯人たちの船は西の陸地に向かい始めた。

俺たちのマーレアス号は付かず離れずそれを追うのだった。

二十話　小さな龍

俺たちを乗せたマーレアス号は夜空の下、海を進んでいた。数隻の船の後ろを付かず離れず、見失わないように。

船団が向かう陸地を見て、セレーナが言う。

「……あまり明るくないな」

「多分、漁村じゃないかな。しかも相当小さな」

舵を握るユーリの言う通り、恐らく船が逃げる先は漁村だ。

エリシアと地図を確認するが、港町がある方向ではない。ルクス湾西岸でも海岸線が高い崖になっている区域だ。

人口の殆どは崖上の広い草原に住み、放牧を営んでいる。崖下は使える土地が限られ、漁村も少ないのが特徴の地域だ。

その崖下にはやはりというか、人間から嫌われる魔族が多く住んでいたりする場所だ。

「もう少しで陸地ですね……いかがしますか、アレク様？」

エリシアがそう訊ねてくる。

「船を近づけると座礁する可能性がある。ここからは小舟で追おう。エリシア、セレーナの二人でついてきてくれるか？　ゴーレムも連れていこう」

「はっ！　オールはお任せください！」

セレーナが元気よく答えると、エリシアがしっと人差し指を立てた。

「あまり声を出さないようにお願いしますよ……《隠形(ハイド)》があるとはいえ見つかったら大変です」

「そ、そうだった。静かに漕ぎます！」

あまり小声になってないセレーナは、すぐに青髪族数名にボートを海に下ろさせた。

折り畳み式の階段が設置されると、俺たちはそれを下ってボートに乗り込む。

甲板からユーリが顔を出して言う。

「お気をつけて、アレク様！　二人も」

「ユーリも船を任せたぞ。よし、行こう」

俺が言うと、セレーナはボートを漕ぎ始めた。

セレーナが連れてきたゴーレムは人間より少し大きいぐらいなので、一緒に乗せても沈むことはない。

このボート自体にも《隠形(ハイド)》と《闇壁(シャドウウォール)》が使える板が張られているが、一応俺も《隠形(ハイド)》を展開する。

やがて村の灯が近くなってくると、俺はある異変に気が付く。

「なんだこれは……」

建物が密集している漁村……しかしその大半は崩壊してしまっている。

風化したというよりは、最近になって破壊されたようにも見えた。現に、少ないながらも灯が点いている。

セレーナも不審そうな顔で言う。

「もしかして海賊にやられたのか？」

「いや、拠点にするならわざわざ破壊する必要はない」

そしてもう一つ、違和感を覚える場所が。

村のはずれの崖の一部に、大きく深い亀裂がある。洞窟のように奥深くまで続いているようだ。

またその穴の周囲には岩が崩落したような跡が見えた。ただの崖崩れにしては巨岩が随分と離れた浜辺にまで転がっている。

まるで無理やり開けられたような……。

そんな中エリシアが言う。

「船が浜辺に上陸しますね」

その言葉通り、追跡していた船は続々と浜辺にそのまま乗り上げる。

船は全部で五隻ほど。どれも一本か二本の船柱を持つ、十人乗りぐらいの船だ。漁船の中でも立派な部類の船になるだろう。

その船団を浜辺で松明を持っていた者たちが出迎える。

「もう少し近づいて、海から様子を見よう」

「はい」

小声で答えるセレーナはボートを近付かせる。

すると松明が多く明るいためか、船に乗っている者たちの姿が目でも確認できるようになった。

やはりというか、リザードマンに近い見た目をしている。ほとんど皆服を身に付けず、鱗で覆われた体を晒していた。

全体的にトカゲのようだが、顔の横には魚のヒレのような物が見えた。背中にも、青い硝子のような背ビレが大きくせり出している。

エリシアが呟く。

「……見たこともない種族ですね」

「ああ。魔物のリザードマンとは少し違う。ルクス湾の外から来たのかな」

何と表現すればいいか分からない見た目の種族だ。昔何かの本で見たような……古代、東の大陸を支配していた龍というドラゴンの仲間に似ている気がする。

やり直し前、俺も帝都でも魔族の多い地域に通ったが、彼らの姿を見たことはなかった。

俺はひとまず、彼らを龍人と呼ぶことにした。

「遠くから海賊稼業に来ているのかも……ともかく、様子を見よう。彼らの宝がどこに運ばれているのか気になる」

俺は船から下ろされる宝物を見て言った。

宝物は全て、裂け目のほうに運ばれていくようだ。

「セレーナ、少し離れた場所で上陸してくれ。あの裂け目を調べたい」

「承知！　……承知しました」

小声で言い直すセレーナはボートを浜辺へ進めていく。特にこちらに気が付く者はいない。

宝物を運ぶ龍人を横目に、俺たちも裂け目を目指し砂浜を歩いていく。

やがて裂け目の下のほうに灯が見えてきた。

「これは……」

裂け目の中には、多数の龍人が横たわっていた。負傷している者が相当いるようだ。

看病している者が声を上げる。

「薬はもうないのか!? あんなに買ってきたのに!」

「薬も聖水もとても間に合わないんだ! 神殿のやつが言うには、聖水をかければすぐに治るはずなのに……」

……ただの傷ではない?

俺は《隠形(ハイド)》を強く展開しながら、負傷した龍人の一人に近付く。

横たわる彼の背中は真っ黒に焼けていた。

この傷……闇の魔力に侵されている。

持続するような闇の魔法によって傷つけられたのだろう。聖水では取り除けないほど、体の奥に浸蝕(しんしょく)してしまっているようだ。

看病する者たちの会話から察するに、聖水やら薬を買い込んで彼ら負傷者の治療をしていたか。

目に見える負傷者だけでも数百人はいそうだ……そのための薬や聖水を買い込むとなれば、相当なお金が必要になる。

まさか龍人は、それらを買い込むために貴族の船を襲っていた？

何故、こんな事態になってしまったのかは分からない。天災か、彼らの自業自得か、はたまた別の原因があるのか……分からないが、俺の手は勝手に動いていた。

苦しんでいる龍人の子供もいる。放ってはおけない。彼らから闇の魔力を取り除けるのは、俺しかいないのだ。

「……詳しく探るのは後だ。まずは彼らから闇の魔力を取り除く。エリシアは取り除いた後、聖の魔法で皆を癒してくれ」

「はい！」

エリシアは迷うことなく深く頷いてくれた。セレーナも私も普通の回復魔法ならと答えてくれた。

それから俺は、龍人たちの治療を始めるのだった。

二十一話　邪神龍

俺はルクス湾西岸の漁村近くにある洞窟で、龍人たちを治療していた。

「とりあえず……これで全員か」

龍人から闇の魔力を取り払った俺は、ふうと息を吐く。

エリシアの聖魔法もすでにかけられているので、次第に皆回復するはずだ。軽傷者は、すっかり治ったと首を傾げている者もいる。

すでに息絶えていた者もいるが……そういった者たちからも闇の魔力を取り除いてある。

この龍人たちだが、どうも魔力を多く持てる種族らしい。そのため、取り除くのには少々時間がかかった。

「よし、それじゃあ少し周囲を調べよう。沈没船から集めた財宝は奥に保存しているようだからな」

「はい。セレーナも奥を調べてくれているはずです」

セレーナだけではないが、皆影輪を装着している。見つかる心配もないだろう。

そうして俺はエリシアとゴーレムと共に洞窟の奥へと向かった。

「しかし、歪な洞窟ですね……まるで最近できたかのような。あっ」

エリシアは思わず顔を見上げる。

洞窟の天井からポロポロと砂が落ちてきたからだ。天井の一部が欠けたようだ。

「しかも周囲に岩やら石が散乱している。最近崩れたんだろう」

「それでも、外の家はもう使えないからこうして洞窟を利用するしかないんですね……あ、セレーナが」

エリシアの言うように、セレーナが洞窟の奥から走ってきていた。

セレーナは俺の前にやってくると、びしっと姿勢を正し敬礼する。

「アレク様！　ただいま戻りました！」

「何か分かったか？」

「はっ。やはり奥に財宝を集めているようですね。その付近に多くの木の柱が立っております」

「木の柱？」

「木片が散らばっていたので、何かの建築の跡かと思います」

そう言うと、セレーナは突如背中を見せて腰を落とした。

「私が肩車でお連れします！　高い方が色々見やすくていいかと」

「よし、行こう」

俺は即座に答えると、すっと皆と一緒に洞窟の奥のほうへ《転移(ワープ)》した。

セレーナが不満そうな顔で言う。

「アレク様……魔法を使ってばかりだと、足腰が鍛えられませぬよ」

「肩車だって同じでしょ……」

子供とはいえ中身は大人だ。セレーナに肩車なんてしてもらったら……さらさらの髪が目の前に。

セレーナを見る目が変わってしまうかもしれない。

俺は首を横に振って、洞窟の奥に向かった。

やがて洞窟の最奥と思しき行き止まりが見えてきた。

そこにはセレーナの言う通り、財宝が集まっている場所があった。松明の灯で反射して、なんとも眩しい。

そこへ歩く途中、龍人の会話が耳に入る。

「今日だけで三十人だ……空が白んできたら、すぐに人間の街に向かおう」

「でも、もうだいぶ怪しまれているって……買取の価格もだいぶ足元見られているみたいだし。神殿の奴らも聖水をこれでもかと高値で売ってくる」

「それでも行くしかない……じゃないと皆死んじまう」

やはりというか、沈没船の財宝は近くの街で売っていたようだ。

全ては、先ほどの龍人たちを救う薬と聖水を得るために。

もう治療は心配ないが、遅かれ早かれバレてしまうだろうな……。

一方でこんな声も響いた。

「邪神龍のせいではない！　村を壊したのは確かに邪神龍だが、封印を解いた貴族のやつらのせいだ!!」

「そうだ！　やつら、好き勝手村を略奪した挙句……ここの封印まで解くなんて！　次からは一人や二人、殺せばいい！」

会話から察するに、この洞窟には邪神龍なるものが封印されていたらしい。

そしてここや外の村は、その邪神龍に破壊されたようだ。

原因は、貴族が封印を解いたから……だから彼らは貴族たちに恨みを募らせているようだった。

今まで彼らは船を沈めるに留めていた。進んで人は殺さなかったのだろう。

しかしその龍人たちに、一人の龍人が声をかける。

「なりません」

その一言に、怒りの声を上げていた龍人たちは一斉に片膝を突く。

やってきたのは、他の青や緑の鱗を持つ龍人と違い、紫色の鱗で覆われた龍人だった。

「貴族を殺めたところで、仲間の命が戻ってくるわけではないのです……」

紫色の鱗の龍人に、他の龍人たちは納得のいかなそうな顔をする。

「し、しかし巫女様！」

「我らには無益な殺生はしてはならないという掟があります。今はただ、亡くなった者たちの安寧を祈り、苦しんでいる者たちの看病をしましょう」

巫女と呼ばれた龍人の言葉に、龍人たちはなんとか首を縦に振った。

皆が敬い従う……きっとこの巫女は、一族でも高位の者だ。

船だけを沈め、それ以上殺生しないのはこの巫女の言葉だからか。

原因は貴族にあるわけで、そもそもここの龍人たちは被害者のようだ。外から来た海賊でもないだろう。

巫女は「頼みます」と言葉を残すと、そのまま洞窟の奥へと向かっていく。

俺たちもその後を追うことにした。

周囲には木片が散乱している。木の柱が数本残っているのを見るに、ここには木造の建築があったようだ。

その近くには、何やら山のように岩が積まれた場所——石墳がいくつも見える。

……倉庫？　いや……あの石墳。

石墳の前には皿に置かれた魚介類があり、火が焚かれている。その近くには嘆く者がいた……きっと墓なのだろう。

巫女は松明を手にすると、それを石墳の穴に入れた。すぐに石と石の隙間から煙が立ち始める。

「亡くなった者を火葬していたか……あっ」

俺はあることに気が付く。

少なくとも今日亡くなった三十名は、闇の魔力が死因のはず。

彼らの亡骸には死しても尚、闇の魔力が宿っている。それが骨となり集まれば……。

無数に見える石墳には、やはり闇の魔力が漂っていた。その内の一か所には、相当な濃度の魔力が見えた。

気が付いたときには遅かった。

石墳の周囲には、黒い靄が現れ始める。

ただのウィスプが現れると思ったが、闇の靄は人型となり、やがて鎧のような形となる。

シャドウナイト……アンデッドの中でも強力な魔物だ。

それが続々と、何体も現れる。

龍人たちは悲鳴を上げる。

「な、なんだこいつら!?」

「落ち着きなさい！　ここは私が抑えます！　武器を持った者を呼んできなさい！」

巫女はすぐに手をシャドウナイトに向けて風の刃を放っていく。

どうやら多少は風魔法を使えるらしいが、シャドウナイト相手には威力が弱すぎる。

シャドウナイトは巫女の攻撃には目もくれず、黒靄の剣を手に召喚し周囲の龍人に肉薄した。

「――エリシア、セレーナ！」

「お任せください！」

二人は俺の言葉に頷くと、シャドウナイトに手や剣を向けた。

エリシアは手から聖魔法の光を、セレーナは剣から火魔法の火炎をシャドウナイトに放つ。

何が起きたと困惑する龍人だが、巫女の逃げてという言葉に入り口へ走る。

俺も聖魔法で応戦しつつ、石墳から闇の魔力を取り除いていった。

闇の魔力が濃い……龍人のもともと魔力が多いせいだろうか、石墳の魔力も多いのだ。

とはいえ、しっかりと敵は食い止められている。

負傷者たちのほうへ向かうシャドウナイトは、エリシアとセレーナが倒してくれた。

そんな中、巫女は困惑しつつもやがて体を光らせる。

巫女は蛇――ではなく、象ほどの大きさの美しい龍へと姿を変え、シャドウナイトに風魔法を宿した長い尾を向けた。先ほどとは違って、攻撃を受けたシャドウナイトは霧散する。

龍に変身できる……。

魔族の中に、高地に住まう龍人がいるという話を聞いたことがある。彼らは短時間、多くの魔力を扱えるドラゴンへと姿を変えることができるという。それと似ている。

巫女の龍化もあって、俺たちは順調にシャドウナイトを倒していった。

最後の石墳からも闇の魔力を完全に取り除き……新たなシャドウナイトの召喚は止まる。

「ふう……どうにかなったな」

「お疲れ様です……ですが」

そう話すエリシアの視線の先に俺も目を向ける。

武器を持ち騒然とする龍人たち。

一方で龍となった巫女は、まっすぐとこちらを見つめていた。

「あなたがたは……？」

巫女は確かにそう訊ねてきた。

姿や音ではなく、俺たちの魔力の反応が分かるのだ。

俺の《隠形（ハイド）》ではなく、影輪だけだからだろうか。または、龍になったことで分かるようになったのかもしれない。今の巫女は龍人の姿の時よりも更に魔力を増している。

「気づかれたようだな……」

姿を現し、本当のことを話すか。
負傷者が治ったこと、もう船を襲わなくても大丈夫だということ。
もちろん《転移(ワープ)》してこのまま退散するのもありだが。
だがそんな中、洞窟の入り口から声が響いた。
「――人間だっ！　帝国軍が崖上からやってくる！　もう砂浜にいるぞ！」
その声に龍人たちは皆、洞窟の入り口に顔を向けるのだった。

二十二話　決断

「に、人間の軍が来るぞ!!」

その報に龍人たちは慌てふためいていた。

「そ、そういえば今日は商人の様子が少しおかしかった……」

「やけに帰り、旅人みたいのが道に多かったが……まさか」

財宝を売買する龍人を、貴族の手の者が尾けていたか。

大量の財宝を売っていれば、それは怪しまれる。きっと船を沈められた貴族に嗅ぎつけられたのだろう。

今日は貴族たちの船も多かった。きっと陸地でも大々的な捜査が始まっていたのだろう。

「……かくなる上は戦うしかない!」

「そうだ!　徹底的に戦うぞ!」

龍人たちは銛を手に、洞窟の入り口へと走っていく。

この地域は帝都にも近い皇帝の直轄領だ。

だから防衛は、帝国軍の中でも装備が充実している帝都防衛軍が担っていた。帝都防衛軍は弓やクロスボウの射手だけでなく、魔法を使える部隊も擁している。帝国の中でも精鋭中の精鋭だ。

一方で龍人のほうは、戦えそうなのがせいぜい三百名ほど。巫女のように龍化できるかは分からないが、勝敗は目に見えている。

巫女はすでに龍人たちを統率できなくなっていた。

十数名ほどの者が残っているが、彼らは巫女のためというより、先ほど現れたシャドウナイトを警戒しているようだ。

現状では、龍人たちが採れる選択肢は二つ。

この穴で徹底抗戦するか、海に逃げるか。後者は当然、負傷者を見捨てていくことになる。龍人が仲間のためにここに残る道を選んだのだ。

だが——もう一つの選択肢を、俺は龍人たちに提示できる。

俺はエリシアとセレーナに顔を向けた。

二人は俺に選択を委ねると言わんばかりに、静かに頷いた。

それから俺は、巫女と龍人たちの前に姿を現した。

「——人間!?」

案の定、残った龍人たちがこちらに武器を向けてきた。

「て、帝国軍の魔法師か？」

「先ほどの亡霊も、こいつの」

銛の穂先を向けてじりじりと距離を詰めてくる龍人たち。

しかし巫女がこう言った。

「待ちなさい！　こんな子供が私たちを殺しにきたとは思えません……近くの三名は別として」

やはりというか、俺たちの姿が見えていたようだ。

俺が後ろに向かって頷くと、エリシアたちも姿を現した。

エリシアとセレーナはともかくゴーレムは威圧感がある。龍人たちは一層警戒を強めた。

だが、巫女が再び声を響かせる。

「先ほどの亡霊を倒してくださったのは、あなた方……そうですね」

「そうだ。この墓には、闇の魔力に侵された君たちの仲間が集められていた。だから先ほどのシャドウナイトが召喚されたんだ」

「……何故、私たちを助けたのです？」

「成り行きだ……君たちと似た者たちと一緒に暮らしているからかもしれない」

「姿を現したのも、成り行きだと言うのですか？」

成り行きでも同情でもない。俺には明確な意思がある。

すぐに首を横に振る。

「いや、自分の意思だ。君たちを仲間に加えたくて、姿を現した」

「私たちを仲間に？」

巫女の問いに俺は頷く。

「俺たちは、ここからはるか南東のアルス島に住んでいる。四方を海に囲まれ、住んでいるのはほとんど魔族。しかし、泳げる者がいなくてな」

「水に慣れた我らの力が役に立つというわけですね」

「貴族の船を沈めた手際といい、見事だった。ぜひ、力を貸してほしい……俺と一緒に来てほしいんだ」

龍人たちは馬鹿笑いを響かせる。

「これはおかしい！　一緒に来てほしいだと!?」

「俺たちを洞窟から誘い出して帝国軍が戦いやすくさせるつもりだ！」

「そっちはメイド、そっちの女も良い鎧を付けている……巫女、こいつは貴族の子で間違いありません！」

やはりというか、龍人たちは信用してくれなかった。

こんな疑問を口にする者もいた。

「そもそもどうやって、そのはるか南東の島に行くんだ？　ここから逃げ出せるわけがない！」

「お前たちが洞窟を出る必要はない」

俺の言葉に、龍人たちは首を傾げる。

「巫女だけ連れていこうって魂胆か？」

龍人の声に首を横に振って答える。

「違う。連れていくなら全員だ。だが、それにあたっては皆に、俺の眷属になってもらいたい」

「……眷属？　なんだ、そりゃ？」

「分かりやすく言えば、俺の部下になってもらうんだ」

「部下、ねえ……奴隷の間違いだろ。巫女、話になりません。さっさとこいつを殺して……」

龍人が言いかけると、巫女が口を開く。

「残念ですが……それはお断りします」

セレーナが「助かりたくないのか!?」と声を上げる。

「待て、セレーナ。無理強いするつもりはない」

俺はそう言って、巫女に顔を向けた。

「もちろん、意思は尊重する。だが、何故か聞かせてもらっていいか？」

巫女は入り口へ体を向けると、遠く海を見やる。

「……あの邪神龍は、私たちの祖龍。祖龍は、血を分けた者がどこにいるか分かります。力を取り戻すため、少なくとも何年かは大人しくする必要があるでしょうが、私たちがここから遠く離れれば邪神龍は怒り狂うでしょう。そうなれば……」

邪神龍は暴走する、というわけか。

こちらを疑っているわけでなく、俺や周辺の漁師のことを気遣ってのことか。

セレーナがすかさず言う。

「ならば倒せばいい！　私が」

巫女はぶんぶんと首を横に振る。

「とても数人で倒せる相手ではありません。あの邪神龍はかつて、一夜にして東の大陸の一国を滅ぼしたのです。周辺国が一致団結しなんとか壺に封印しましたが、何万という死者が出ました」

殺すのではなく、封印した……つまりは殺すことができなかったのだろう。それだけ強力な相手なのだ。

だからこそと巫女は続ける。

「邪神龍の子である私たちの祖先を人間と交わらせ、遠く西のこの地に流したのです」

巫女はこちらに視線を戻して言う。

「成す術はございません……どうか、お構いなく」

巫女の言葉からは、諦めのようなものが感じられた。

俺たちが来なければ、皆シャドウナイトにやられていた。それを乗り越えても、帝国軍がやってきた。すでに限界を感じているのだ。

やり直し前、ここの龍人たちは皆やられてしまったのだろう。逃げ出した者もいるが次第にやられてしまい……しばらくすれば完全に海賊活動もなくなるわけだ。

俺はゆっくりと頷く。

「先も言ったが、意思は尊重する。俺たちは帰るよ……」

そう答えて消えるつもりだったが、俺の口からはまだ言葉が漏れた。

「いや、やっぱり……少し離れた場所になら解放できる。俺たちのことを口外しないと約束してくれるなら」

そのまま退散するつもりが、つい本音が出てしまった。

結局は同情もあるというわけだ。やり直し前に、俺と同じく望まぬ死を迎えた者に対して。

すると、巫女は小さく微笑んだ。

「ありがとうございます。あなたは私たちを憐み助けようとしてくれたのでしょう。眷属にしたいのも、罪人となる私たちの生活や今後を思ってくれてのこと……とても、お優しい方なのですね」

俺は魔力の反応どころか、全て見透かされていたというわけか。

頭を下げる巫女。

「感謝いたします。どうか、あなた方に天龍のお導きがありますように」

巫女は周囲の龍人たちと顔を見合わせると、洞窟の入り口へ向かう。

遠くのほうから角笛の音と喊声が洞窟にこだまする。

まもなく、帝都防衛軍が迫ってくるだろう。

「アレク様……」

セレーナがこれでいいのかと言わんばかりに呟いた。

一方のエリシアは少しも表情を崩さずに言う。

「すべては、アレク様がお決めになることです」

その言葉に、俺はぎゅっと瞼を閉じる。

彼女たちをここから遠ざけるには、彼女たちを縛り付ける邪神龍を倒す必要がある。

やり直し前、邪神龍がルクス湾で暴れたという話は聞かなかった。邪神龍はしばらく大人しくしているだろうから、わざわざ戦う必要もないだろう。

「自分のためなら、龍人をここで助ける必要はない……しかも、邪神龍は強い」

だが、俺にはやり直し前にはなかった力がある。

それにいつかは、邪神龍も力を取り戻す。それが何年後になるかは分からない……やり直し前の記憶からすれば、俺の生きている内は動かなかったのだろう。

しかし放置しておけば、やがて大きな被害が出る。

現在力を取り戻せてないのなら、むしろ今が叩く絶好の機会だ。力を取り戻していけばいくほど、倒すのが困難になる。

龍を知る龍人たちがいれば、倒す知識も得られるはずだ。

もちろん、倒せないかもしれない。しかし、自分にはできないと諦める――それではやり直し前の俺と同じだ。

「……待て」

俺の口から漏れた声に、巫女が振り返る。

「俺が……邪神龍を倒す」

「あなたが……？」

「ああ、力を貸してくれ」

しばし沈黙する巫女に、俺はこう続けた。

「今しかないんだ……邪神龍は強いかもしれない。だが、君たちと一緒なら倒せるはずだ」

俺が言うと、巫女は俯いた。

「倒すなんて無理だと諦めているんだろう？　でも、君たちだってここで終わりたくなんてないだろ？」

俺の言葉に一瞬肩を震わせる巫女。やがて巫女は俯きながら、ゆっくり口を開く。

「私たちも……どうにかできるのなら、この運命に抗(あらが)いたい」

巫女は顔を上げ、まっすぐと俺を見て言った。

「どうか一緒に……運命を変えるために……私たちも、戦わせてください」

俺は巫女の言葉に、迷わず首を縦に振るのだった。

二十三話　翼

「こ、ここは!?」

龍人たちは突如周囲の景色が変わったことに、声を上げていた。

驚くのも無理はない。目の前の光景が瞬く間に、洞窟からどこかの街に変わったのだから。

彼らは今、ルクス湾西岸の洞窟ではなく、そこからはるか南東にあるアルス島の政庁前広場にいる。皆俺が《転移(ワープ)》させたのだ。

「これで全員だな……ゴーレム、ありがとうな」

俺は隣に立つゴーレムにそう告げた。

ゴーレムはこくりと岩の頭を下げる。

全員を《転移(ワープ)》させるのに時間がかかると思い、ゴーレムに入り口を塞がせたのだ。

とはいえ数回一緒に《転移(ワープ)》するだけで、龍人たちを皆連れてくることができたが。

やがて俺の前にセレーナがすっと《転移(ワープ)》してくる。

「アレク様、マーレアス号のユーリには経緯を伝えてきました！　砂浜ではちょうど今、帝国軍の騎兵が洞窟近くに差し掛かったところで……少し遅れていたら危なかったですね」

「そうか。とりあえずはバレずに済んだな……」

ふうと息が漏れる。

俺は一安心だが、周囲は騒然としていた。

初めての《転移(ワープ)》と、周囲を囲む巨大な鼠——鼠人たちに、龍人は驚いている。

一方の鼠人たちも、突然現れた龍人が恐ろしいのか、チューチューと騒いでなんともやかましい。

俺の目の前にいる巫女は、困惑する龍人たちに声を上げる。

「皆、落ち着きなさい！　ここにいる御方が、我らをここへ連れてきてくださったのです！」

その声に、龍人たちは静まり返り、こちらに視線を向けてきた。

それから巫女は俺の前で片膝を突く。

「……申し遅れました。私はラーンと申します。一族を導く巫女です」

「ラーンか。俺はアレクだ」

「アレク様……これより、私たちはアレク様の配下となります」

「ありがとう。だがどこか外国へ行ける目途が立つまで、ここにいるだけということもできる」

だから嫌な者は名乗り出てほしい——そう伝えようとしたが、皆巫女であるラーンと同じく、俺に向かって跪く。

一瞬で洞窟から別の場所に移動させたというだけでも、俺の力を認めてくれたのだろうか。あるいはラーンの人望か。

ともかく皆、ラーンの言葉に従うようだ。

ラーンは俺に続ける。

「皆、アレク様の配下になります。命を救ってくださった恩を返させてください。そして邪神龍を」

「ああ、そうしよう。すぐにルクス湾に戻る必要がある……だが、先ほども伝えたが」

俺はここに《転移(ワープ)》する前、ラーンに眷属になってもらうことを伝えた。眷属になれば俺に命を預けることになるのと、姿が変わるかもしれないことを伝えてある。

ラーンが振り返ると、他の龍人たちも神妙な顔で頭を垂れる。

再びラーンはこちらに顔を向けて言った。

「皆、覚悟はできております」

「分かった——」

俺はラーンら龍人を眷属にしたいと念じた。

するとラーンたちは光を帯び……。

セレーナが声を上げた。

「これは……」

光が収まり現れたのは、一見すると人間のような者たちだった。

「お、俺たちがまるで人間みたいに」

龍人たちは困惑した様子だ。しかし彼らの先祖は人と交わった龍。エリシアやユーリたちと同じように、人間のようになるのも頷ける。

目の前にいる紫色のロングヘアーの女性は、自分の体を見て言った。

「ラーン、か?」

「はい。姿が変わるというのは、こういうことでしたか」

ラーンは自らの手足をぶらぶらと動かす。

「ああ。と、とにかくユーリ」

「合点承知です。すぐに用意します」

ユーリはそう言って、他の眷属たちに服を用意させた。

皆が着替える中、俺は顔を背けながら言う。

「皆、思うところはあるだろう。だが眷属をやめればいつでも前の姿に戻れる。好きな時に言ってくれ」

「は、はい」

後ろから響く声。

だんだんと着替え終わった龍人たちが現れる。

「こんなこともあろうかと服を用意しておいて良かったわ」

ユーリは満足そうな顔で言った。

しかし、龍人たちはほとんど人間のような姿になってしまったな。青髪族のように皆青い髪を持っているとか特徴がない。

ラーンたちが困惑するのも無理はないな……うん？

俺はラーンが自分の手に目を落としているのに気が付く。

「この感じ……龍になれる……」

ラーンはそう言うと、目を瞑（つぶ）った。その体は光を帯びると――

「おお、ドラゴン!?」

セレーナたちは目の前に現れた紫色のドラゴンを見て言った。

先ほどの美しい紫色の鱗の龍と同じような姿。しかし今は、なかった翼が生えている。まさにドラゴンといった見た目だ。

ラーンは自分の背から伸びる翼を振り返り、目を丸くしている。

「私たちに翼が……」

エリシアがラーンに訊ねる。

「とても飾りの翼とは思えませんが……飛べますか？」

「どうでしょう？　あっ」

ラーンがばさばさと大きく翼を動かすと、その体がゆっくりと浮かんだ。

「飛んでいる……」

ラーンは信じられないといった顔で呟くと、すぐに地上へ降りた。

「まるで最初から飛べたかのような……私たちの祖先は、生まれながらにして飛べたと聞きますが」

先祖が飛べたから、翼を得ることができたのだろうか。

「お、俺たちも……なんだこの感覚は」

「まさか、俺たちも巫女と同じように——っ!?」

周囲の龍人たちも次々とドラゴンへと姿を変えていく。皆、翼を持っているようで、その場で飛んでみせる。

たのかも。


「海を泳げるだけでなく、空も飛べる……私たちとしても心強いな！」

セレーナは嬉しそうに言った。

龍人たちも空への憧れがあったのか、皆自分たちの翼を見て喜々としている。

もしかしたら、龍人たちは空を飛びたいと望んでいたのかもしれないな……だから翼が生えてきたのかも。

ラーンは再び人の姿に戻ると、こちらに顔を向ける。

「皆が龍に……あなたは一体」

「俺自身もどういう原理かは分からないんだ。恐らくは、俺と似た何かを眷属になった際に受け継ぐんだと思う」

「なるほど……ともかく、力を与えてくださり感謝します」

頭を下げるラーンに、エリシアが呟く。

「眷属になったのなら、私たちも安心です。龍人たちへのアルスの説明は、ティアに任せましょう」

「そうだな……ラーン、早速で悪いが」

「ルクス湾に戻るのですね。お供いたします」

ラーンは首を縦に振った。

「ティア、龍人たちにアルスのことを説明しておいてくれるか？」

「りょりょ、了解っす！」

ティアは震え声で答えた。ドラゴンとなった龍に食べられてしまうかもと恐れているようだ。

ラーンは龍人たちにこう告げる。

「皆、そこのティア様の言うことをよく聞くように」

龍人たちは皆、こくりと首を縦に振ると、ティアに顔を向けた。

「……よ、よろしくっす！　アレク様、あとは任せるっす！」

「ああ、頼んだぞ」

そうして俺は、エリシア、セレーナ、そしてラーンと一緒に、マーレアス号に《転移(ワープ)》した。

「お、アレク様、おかえりなさい──って、ド、ドラゴン!?」

ユーリを始め青髪族たちは、ラーンを見て驚く。

ドラゴンは人里離れた場所に住むとされるし数も少ないから、そうそう見る機会はない。

まあ、ラーンたちは東方の龍の末裔(まつえい)だから、ドラゴンと言えるかは分からないが……。

「眷属になってくれたラーンだ。こっちはユーリ」

「よろしくお願いします。ラーンと申します」

お辞儀するラーンに、ユーリは少し安心したような顔で答える。

「驚いてごめん。これからよろしくねー。ところで、アレク様……なんか、おっきな龍が海にいて大変だとかなんとか聞きましたけど、セレーナの話が大雑把すぎていまいち」

「今は俺からも同じことしか言えない。だからラーンに邪神龍について教えてもらわないと」

俺が顔を向けるとラーンは頷いて答える。

「私も何から話せばいいか……邪神龍の業についてまず話しましょう。海を泳げることはもうお分かりかと思いますが、邪神龍は空も飛ぶことができます。鳥のようには素早くは飛べませんが」

海と空を行き来できる――それだけでも厄介な話だ。

ラーンは引き続き邪神龍について語る。

「長く巨大な体は、鉄よりも硬い鱗で覆われてます。加えて今は、黒い瘴気を全身に覆っています。口からはその瘴気と、火炎と水を吐き出すこともできます」

「闇の魔力を放出できるということか。魔法は使えるのか？」

俺が訊ねると、ラーンは首を横に振る。

「それはできないかと。しかし、自身の周囲に雷を降らせることはできます」

「そうか……」

今まで戦ったこともないような相手だ。

俺の戦ってきた悪魔は、今まで闇魔法しか使ってこなかった。皆の協力がなければ倒せない。

「ティカとネイトも呼んで、作戦を立てよう……おっと」

俺は思わず目を細めた。

東の空から眩い陽が顔を出したのだ。

「もう、朝か――うん、あれは？」

空に目を凝らすと、朝日を背に空を飛ぶ者たちがいた。

天使のような白く美しい翼を持ったペガサスが三体……遠くて詳しくは分からないが、それぞれのペガサスに人が乗っている。

彼らは海を渡るのではなく、その場で滞空し何かを待っているようだった。

「あいつら、どこかで……うおっ!?」

首を傾げるセレーナが急に姿勢を崩した。

突如、船が大きく揺れ始めたのだ。

見ると、ペガサスたちの下の海面がせり上がっている。刹那、そこから高い水柱が上がった。

「――あれは!?」

豪雨のような水しぶきの中からは、巨大な黒き龍が姿を覗かせるのだった。

二十四話　邪神龍

陽光を受けて煌めく水しぶきの中から、黒い龍の頭が現れた。

龍は蛇のような長い体をくねらせながら、空を貫くように昇っていく。

「あれは……」

黒い靄に覆われてもなお神々しさを感じさせる龍に、俺たちは思わず息を呑んだ。

「――邪神龍です！」

ラーンの言葉に、俺は我に返る。

邪神龍は思っていたよりもずっと大きかった。象よりも太い胴体が、数十台の馬車の車列よりも長く伸びている。

「まずいっ！　あいつら、危ないぞ！」

セレーナが思わず声を上げた。

邪神龍が突如顔を空中にいるペガサスたちに向けたのだ。

そのまま邪神龍は大きく口を開けて、黒く淀んだ瘴気を撃ち出す。

――と同時に、ペガサスたちは三方へと散開した。まるで攻撃を待っていたかのように。

「避けたか。だが一体誰なんだ……」

そう呟くと、俺の前に望遠鏡が差し出される。

横を振り向くと、そこには自信満々な顔で望遠鏡を差し出すセレーナが。

「こんなこともあろうかと思いまして！」

「いや、作ったの私だからね……というか海なら必須だし」

ユーリが望遠鏡を作ってくれていたみたいだ。失念していたが、確かに船旅には必要だ。

「ありがとう、ユーリ」

俺は望遠鏡を受け取ると、邪神龍から距離を取るペガサスを覗き見る。

三体のペガサスに騎乗していたのは、一人はローブに身を包んだ女性の魔導士、もう一人は重厚な鎧に身を包んだ女騎士、そして最後は銀色の短い髪の少女——煌びやかな鎧に身を包んだ、俺と背丈の変わらぬ少女が騎乗していた。

「ユリ……ス？」

思わず声を上げた。

ペガサスに乗っていたのは、俺の婚約者ユリスとその従者たちだったのだ。

ユーリも気づいたのか声を上げる。

「あ！　あの子たち、前ローブリオンの店に来た」

「邪竜の角を持ち込んできてましたね」

エリシアも思い出すように呟いた。

以前、ユリスたちは俺のローブリオンの拠点を訪れていた。青髪族たちの腕の良さを聞きつけて、邪竜の角を剣と杖にするよう依頼してきたのだ。

たまたま通りかかっただけか？

いや、ユリスたちは邪神龍が現れるのを待っていたようだった。

邪竜や邪神龍がいる場所が分かっていて、先回りしているのか？

しかし、どうやって？　そもそも何故、ユリスはこんなことを……。

俺が困惑していると、ユリスはペガサスの馬首を返し、邪神龍に光を放った。

「おお！」

セレーナが声を上げる。

邪神龍は光を顔に受けると、大きく体を揺らし、海を波立たせるほどの慟哭(どうこく)を上げたのだ。

思わず耳を塞ぎたくなるほどの鳴き声が響く中、女騎士を乗せたペガサスが邪神龍に迫る。女騎士は光を宿させた剣で、邪神龍の首に勢いよく斬撃を喰わらせた。

再び悲鳴を上げる邪神龍。

しかし追い打ちとばかりに、女性の魔導士が斬撃で傷ついた箇所に極大の火炎を放った。

ユリスは手を休めることなく、邪神龍の体を次々と光で照らしていった。そこに再び女騎士が斬撃を加え、魔導士が炎魔法で攻撃する。

セレーナが感心したような顔で言う。

「おお！　見事な連携だ！　炎魔法の腕も私ほどではないがなかなかだ！」

「あの杖も剣も、前私たちが角から作ったやつだ！」

ユーリもそう呟いた。

邪神龍は口から黒い瘴気を放ち応戦するが、素早く動くユリスたちに一方的に攻撃されていた。

勝てる……！　俺ですら、そう思わせるような戦いぶりだった。

しかし、ラーンは絶望したような顔で呟く。

「確かに、強い方たちなのでしょう……ですが、勝てない」

エリシアはすかさず尋ねた。

「何故です？」

「龍の鱗は傷を受けてもすぐに癒えます。もちろん程度は龍それぞれですが、あの大きさの龍となると……かつてあの邪神龍は一度に数万の矢を受けても、数千の魔導士から魔法を浴びせられても、倒れませんでした」

「では、どうすればいいと？」

「首の下、ちょうど喉元にあたる部分に一際輝く鱗があります。他の鱗と反対方向に生えているあの鱗です」

ラーンはそう言って邪神龍を指差した。

確かに一枚、水晶のような鱗が他の鱗とは逆方向に生えている。

「逆鱗（げきりん）、と私たちは呼んでいます。あそこは他の鱗よりも柔らかく、また、他の鱗の回復を司（つかさど）る場所なのです」

「そこを攻撃すれば、龍を倒せる……ということですね」

エリシアの問いにラーンは少し間を置いて答える。

「……かつてあの邪神龍を封印した際は、どうにか一度だけあの逆鱗を攻撃して、大きな隙を作ることができました。逆鱗に触れられた龍は激怒し、痛みも忘れ暴れます。その隙に邪神龍の体へ神剣を突き刺し、封印の壺（つぼ）へと閉じ込めた」

「封印するのがやっとだったということだな」

俺の言葉にラーンは頷く。

「はい。そして今、神剣は奪われ、壺も破壊されてしまった。ですが……今はまだ昔の力を取り戻せていない。倒せる可能性はあるはずです」

「ああ、そのはずだ……ともかく、俺たちも援護に向かおう」

俺はユーリとセレーナに告げる。

「セレーナは、ティカとネイト、そしてアルスから武装した鎧人と、龍人を何名か連れてきてくれ。空中で援護してほしい。ユーリは船を少し邪神龍のほうへ近づけておいてくれ」

俺の声にユーリとセレーナは了解と答え、早速行動に移る。

「俺とエリシアは、ラーンに乗せてもらい、ユリスたちと合流するぞ」

「はっ。しかし……いえ、行きましょう」

エリシアは何かを言いかけてすぐに頷いた。

ユリスに見られて大丈夫か、ということだろう。以前、ローブリオンの店をユリスが訪れた際は、俺は姿を隠していた。

「大丈夫だ。前、セレーナが営業再開祝いの時に買わされた仮面が《黒箱（ブラックボックス）》に残っている」

《隠形》が使えない場合などに備え、変装用に取っておいたのだ。
俺はラーンの上に乗りながら、その仮面を取り出そうとする。
だがその時——光を受けていた邪神龍が、突如耳をつんざくような悲鳴を上げた。
そのまま邪神龍は、紫色の光を周囲に拡散させるのだった。

二十五話　聖女

邪神龍は、自分の周囲に紫色の光を放出した。

「――まずい」

あの光からは膨大な魔力が遠くからでも感じられた。

「敵に囲まれた際に使う業です！　周囲の黒靄がしばらく少なくなり、攻撃しやすくなりますが……」

ラーンの言うように、ともかく周辺の敵を引きはがすために使う攻撃だろう。魔法ではなく体を覆う黒靄の一部を使用しているのだ。

ペガサスに乗ったユリスたちは、それぞれ魔法で壁を作って防ぐようだが――邪神龍のあの魔力の前には、とても防ぎきれない。

「――行こう、エリシア、ラーン！」

「はい！」

俺はエリシアと共にラーンに騎乗すると、すぐ《転移（ワープ）》を使用した。

《転移（ワープ）》先は邪神龍の頭上。

俺はすぐに、ユリスたち三名それぞれの前に《闇壁（シャドウウォール）》を作り出した。

こちらは影輪で姿を隠した上に仮面をつけているから、見つかっても問題ない。

俺たちを守るのは、エリシアが展開してくれている《光壁（シャインウォール）》だ。エリシアの魔力ならなんとか防いでくれるだろう。

すぐに邪神龍の放った紫色の光がこちらにも迫る。それが《光壁（シャインウォール）》に触れると——眩く弾（はじ）け、周囲に爆発を起こした。

すぐに爆発音が響き、嵐のような暴風が吹きつける。

エリシアはなんとか《光壁（シャインウォール）》を維持しながら呟く。

「くっ……なんという衝撃」

とてつもない衝撃に、少し油断すれば吹き飛ばされてしまいそうだ。

とはいえ——

エリシアが片手で魔法を放ちながらも、もう片方の手で俺をぎゅっとその胸元に抱き寄せてくれているから大丈夫だ。ちょっと過剰すぎるぐらい、強く……。

爆発自体は一瞬だった。こちらはエリシアの魔法もあってなんとかその場に留まれた。

邪神龍の周囲を覆っていた黒靄は確実に薄くなっており、確かに攻撃の好機ではあったが……。

ユリスたちは爆風に耐え切れず、《闇壁（シャドウウォール）》ごと吹き飛ばされてしまっていた。傷はないようだが、ペガサスが大きく姿勢を崩してしまっている。

やがてユリスたちはペガサスから落馬してしまった。三人ともどうやら気を失っているようだ。

近くを飛んでいたカモメも特に傷を受けてないのに、落下している。俺も一瞬、眠気に襲われた。

どうやら先ほどの爆発には、催眠や気絶やらの効果もあったらしい。

「くっ！　三人を救助する！」

俺はすぐに《転移(ワープ)》する。

まずは近くの女騎士を救出――しようとするが、そう簡単には受け止められない。

するとラーンがとっさに女騎士の布の部分を口で挟んだ。

「ありがとう、ラーン。一度戻るぞ！」

俺は一旦マーレアス号へと《転移(ワープ)》し、ラーンに女騎士を甲板の上に下ろさせる。

「次だ！」

すぐに魔導服の女性のもとに《転移(ワープ)》し、ラーンに口で掴んでもらう。

そうしてまた、マーレアス号に戻ろうとするが――

「――アレク様！　ユリス様が!!」

エリシアの声でユリスの魔力のほうを見ると、そこには大きく口を開けた邪神龍が迫っていた。

マーレアス号に戻っていては間に合わない。かといって、魔導服の女性を放してユリスを救出すれば、魔導服の女性が今度はやられるかもしれない……。

「ラーン！　そのまま、離脱してくれ！」

そう言って俺は、自分だけをユリスの近くに《転移(ワープ)》させる。

「ユリス！」

ユリスはやはり気を失っていた。仮面が取れ、目を瞑っているのが見えた。人形のように端正な顔……やはりこの子はユリスだった。

俺は位置を確認すると、腕を伸ばしユリスのすぐ下に《転移（ワープ）》した。

「くっ！」

鎧もありなかなかの重さだったが、ユリスの体をしっかりと抱き抱えることができた。

気が付けば邪神龍は目と鼻の先——

邪神龍が口をばくんと閉じようとしている中、俺はマーレアス号に《転移（ワープ）》した。

「なんとかなった……」

間一髪で逃げられたことに、俺は溜息を吐く。

空にも当然《転移（ワープ）》できる。もちろんすぐに落下してしまうため、またすぐに別の場所へ《転移（ワープ）》する必要があるが。

俺はユリスを甲板にゆっくりと寝かせる。

本当にユリスだった……。

同じ七歳の俺が言うのも妙だが、あまりにも小さい。こんな体で邪神龍と戦おうなんて——うん？

一瞬、ユリスが瞼を開けたような気がした。だが瞬きすると、そこにはやはり目を閉じたユリスが。

気のせいだったか。どのみち、今の俺は仮面を付けているから、見られても大丈夫だ……お。

バサバサという翼の音に目を向けると、空からラーンとエリシアが高速で戻ってきていた。

ラーンが魔導服の女性を甲板に下ろす中、エリシアが心配そうな顔で声を震わせる。

「あ、あ、アレク様！　お怪我は!?」

「大丈夫だ……咄嗟のこととはいえ心配をかけた」

「いえ、ご無事ならいいのです……」

心底安心したような顔のエリシアだが、ラーンが邪神龍に顔を向ける。

「邪神龍は黒靄を回復させているようですね……」

だが同時に、邪神龍は空中でぐるぐると回り、体を覆う黒靄を回復させているようだった。

先ほどにも増して大きな叫びを上げていた。とても苦しそうな悲痛な叫びを。

「闇の魔力が体を蝕んでいるのか……あいつも、苦しいのかもな」

俺はそう呟くと、青髪族たちに顔を向ける。

「ともかく、仕切り直しだ。誰か、ユリスたちを帝都の拠点まで運んでもらえるか？　中庭の見えない寝室に運んでほしい」

青髪族の女性たちははいと答えると、すぐにユリスたちを抱えて運んでくれた。

そんな中、セレーナの声が響いた。

「アレク様！　頼れる仲間たちを連れてきました！」

「悪魔のでかい版が相手だとか──って、でかすぎっ!?」

セレーナの後ろからすっと現れたティカは、邪神龍を見て目を丸くした。

ネイトはロングクロスボウを構えながら言う。

「おっきいほうがむしろ狙いやすい」

ぞろぞろと同じロングクロスボウを持った鎧族や、龍人たちも転移柱でアルスからやってくる。

「皆、来てくれたか。突然で悪いが、空で戦ってもらう……龍人たち、鎧族を乗せて空を飛べるか？」

俺が言うと、ラーンが龍人たちに顔を向ける。

深く頷く龍人たちを見て、ラーンは俺に視線を戻した。

「皆、飛べます。私たちにお任せください」

「ありがとう。とはいえ、皆は遠くから攻撃してくれれば大丈夫だ。邪神龍が攻撃してきたら、一目散に離れてくれ」

その声に、鎧族と龍人は頷く。さっそく龍人は鎧族を乗せ始めた。

「さて、残った俺たちは、邪神龍の弱点である逆鱗を攻撃する。逆鱗は一枚だけ他の鱗と違った方向に生えた、喉元の鱗のことだ」

俺はまずエリシアに顔を向ける。

「エリシアが邪神龍の頭の近くの黒靄に穴を開け、俺がその穴を維持する。そこをネイト……お前が狙撃するんだ」

「大役。任せてください」

ネイトはいつもと変わらない様子で淡々とそう答えた。

セレーナが感心するように言う。

「お、随分と自信がありそうじゃないか」

「当然ですよ。私たちには、アレク様がいるんだから。ね？　ネイト」

ティカの声にネイトはこくりと頷く。

「うんうん！　そんなネイトにいい武器があるし、絶対大丈夫」

ユーリも自信ありげな顔で答えた。なにやら新兵器を用意しているらしい。

「自信があることはいいことですね……ですが、逆鱗を攻撃した後も厄介です」

ラーンは心配そうな顔で言った。

邪神龍は逆鱗に触れられると更に暴れる。その後は逆鱗が狙いにくくなるかもしれない。

しかしセレーナが皆を勇気づけるように言った。

「そうなれば、あとは攻撃あるのみだ！　皆で猛攻を加える！」

「文字通り闇雲に攻撃しても仕方ありませんよ……ちゃんと、逆鱗を狙いましょう」

エリシアはそう言うと俺に顔を向けた。

「アレク様、私たちはいつでも」

「ああ、行こう」

深く頷いて答えると、皆、おうと声を返してくれた。

それから俺はエリシアと共にラーンに乗ると、皆を引き連れ邪神龍のもとへ向かった。

だがその時、南方より突如、火の玉が一斉に邪神龍に向け放たれるのだった。

二十六話　空中戦

「火炎……」

一斉に邪神龍へ向かう火の弾。その下へ目を向けると、風を受けて広がる帆が見えた。

どうやら、南から進出してきた大型船の艦隊が、投石機から火炎弾を放ったようだ。

艦隊はそのまま攻撃を続けながら、邪神龍へと進んでいく。

エリシアが首を傾げる。

「どこの船でしょう？」

「国は分からないけど、貴族の船で間違いない」

艦隊のどの船の帆柱にも漏れなく、家紋が記された煌びやかな大旗がはためいている。

ただ戦うなら旗を掲げる必要はない。誰の手柄かはっきりさせたくて仕方がない貴族たちの船だ。

だんだんと近づくにつれ、昨日の昼に探索に参加していた貴族の船もいることが判明した。

「昨日は見なかった旗もあるが……何故、こんな場所に？　――いや、そんなことより」

彼らも先ほどのユリスの戦いを、遠くからでも少しは目にしているはずだ。にもかかわらず、貴族たちは邪神龍にわざわざ戦いを挑むらしい。

俺たちを乗せるラーンがこんな言葉を漏らす。

「自信がおありなのでしょうが……あんなものでは」

艦隊は、次々と邪神龍へ投石機や弓弩（きゅうど）で猛攻を加えていく。笛や太鼓まで鳴らし、ちょっとした会戦のような雰囲気だ。

しかし再び体を黒靄で覆った邪神龍には、やはり全く効き目がなかった。

それでも攻撃を続ける艦隊に、邪神龍はその口を向ける。

「——まずい！」

俺たちはすぐさま、影輪で姿を隠し邪神龍の近くへと《転移（ワープ）》する。

エリシアが邪神龍へ手を向けて言った。

「私が聖魔法で、気を惹（ひ）きます！」

「頼む」

そう答えるや否や、エリシアは聖魔法——手から眩いばかりの光球を邪神龍へ放った。

光は邪神龍の黒靄を抉るが、邪神龍の注意は依然として艦隊に向けられていた。

すぐに邪神龍は、黒いブレスを艦隊へと放つ。

「——受け止める！」

俺はブレスの向かう先に《転移（ワープ）》し、手を邪神龍のほうへ向けた。

そうしてブレスから闇の魔力を吸収していったが……。

「くっ……風が！」

魔力は吸収できても、ブレスの持つ風力は削ぎ落せない。

しかし、ラーンは大きく翼をはためかせ、その嵐のような猛風（もうふう）に耐える。

「ありがとう、ラーン……エリシアも」

「お任せください！」

エリシアは俺を絶対に落とすまいと、後ろからがっしりと抱き寄せる。もちろん、俺たちの前に聖魔法で盾を作りながら。

そうして攻撃を耐えること十秒、邪神龍のブレスは止んだ。

だが邪神龍はすぐに大きな口を開けたまま、俺たちに突進してきた。

それを《転移》で避け、邪神龍の上空に出ると海面の様子が目に入ってくる。

俺たちが思う以上にブレスの風の威力は、凄まじかった。まるで海が嵐のように荒れている。

貴族の船はたちまち波風に呑まれ、次々と転覆していった。

三十隻近くいた艦隊が、今では二、三隻しか浮かんでいない。

残った船は邪神龍への攻撃もやめるだけでなく救助すら行わず、一目散に南へと逃げていった。

エリシアが呟く。

「風程度で引き揚げてしまうとは……」

「沈没した船には、泳げない者たちもいるはずだ。急ごう」

転覆した艦の者たちも即死は免れたはずだが、早めに勝負をつけて救援に向かわなければ。

ただ、彼らが退場してくれたのはむしろ好都合か。

すでにユーリたちの乗るマーレアス号と、龍人に騎乗した鎧族も近場へとやってきていた。

「皆、来てくれたな。よし、今度はこっちからいくぞ！」

「はい！」

邪神龍は蛇のように体をくねらせると、やがて俺たちを見つけ、再び口をこちらに向けた。

その瞬間、俺は再び突進してくる邪神龍の頭の下に《転移(ワープ)》する。

「エリシア！」

「お任せを！」

すぐにエリシアは、高速で移動する邪神龍の顎の下に聖魔法を放った。

光が、邪神龍の黒靄を抉る。

すると、確かに他の鱗とは、違う輝きの鱗を一枚見つけた。

ラーンが声を上げる。

「あれです！」

「よし、喉元を狙いやすくする！　ラーン、《転移(ワープ)》したらひたすら高く飛んでくれ！」

俺は今度は、邪神龍の進行方向に《転移(ワープ)》した。それから、ラーンはほぼ真上に向かって飛んでいく。

後ろを振り返ると、邪神龍も俺たちを追って空を目指し始めた。

再び口に黒靄を宿し始めている。ブレスを撃ち出すつもりだ。

「ネイトは……うん？」

龍人の誰かに騎乗して、ネイトはロングクロスボウを撃つのかと思った。

しかし、何かを撃ち出したのはマーレアス号だった。

船首から反射光がきらりと光る。刹那、何かが風を切る音を立てながら飛んできた。

何かと言うのは、その姿が見えないからだ。

ただし、その魔力の形は捉えることができた。形からして、マーレアス号が放ったのはどうやら人の大きさほどもある銛のようだ。だがその大きさに似合わず、普通の矢のような速さで飛んでいく。

以前、魔導具を色々と作っているとき、ゴーレム用にとミスリルでできた銛に《隠形（ハイド）》を付与した。影輪と同じように、姿を隠すことができる。

邪神龍は結局、接近する銛に気が付けなかった。

ユーリがネイトに言っていたいい武器とはこれのことか。たしかに普通のクロスボウよりも威力がある。

それを証明するように、銛は見事に邪神龍の逆鱗を射当て、深く突き刺さった。

「当たった！　――くっ！」

だが、銛を受けた邪神龍は頭が割れるような大きな咆哮（ほうこう）を上げる。

邪神龍が大きく体を振るのを見て、俺は咄嗟に少し離れた場所へ《転移（ワープ）》した。

「撃て！」

同時に、離れた場所から声が響いた。龍人に騎乗した鎧族たちが一斉に、邪神龍の喉元に目掛け攻撃を開始したのだ。

だが、大きく体をくねらせ空を高速で飛びまわる邪神龍には当たらない。当たっても、効き目のない黒靄に吸い込まれていった。

エリシアも邪神龍へ聖魔法を放ち黒靄を抉っていくが、邪神龍は俺たちが一番危険だと判断したのか、こちらを攻撃しようとする。体をぶんぶんと振るだけでなく、先ほどよりは弱いブレスを、連続で放ってきた。

俺は《転移(ワープ)》でそれを回避し……とてもじゃないが、有効な攻撃ができない。

「これが逆鱗に触れたあとの龍か……うん？」

突如、マーレアス号から魔力が送られてくるのを感じた。

「──これは」

俺は銛から伸びた線のようなものに気が付く。

それはマーレアス号と繋がる長い鎖だった。その鎖を伝って、魔力が邪神龍へ送られていた。

すぐにバチバチという音が聞こえると、邪神龍が先ほどよりも大きな悲鳴を上げ、体を反らす。

ユーリが雷魔法を鉄鎖を通じて送ったのだろう。ただの隠せる銛ではなかったのだ。

「アルスでの漁を活(い)かしましたか！　今のうちに！」

エリシアは、ふらふらと空を飛ぶ邪神龍に聖魔法を喰(く)らわせていった。

鎧族たちは、エリシアが聖魔法を放った黒靄の晴れた部分を、クロスボウで攻撃していく。

俺は《闇壁(シャドウウォール)》と《転移(ワープ)》を駆使し、皆を邪神龍の弱々しくなったブレスから守ることにした。

突き刺さった銛にはずっとユーリが雷魔法を送っているらしく、邪神龍は見る見るうちに動きを鈍らせていった。黒靄も順調に晴れていく。

そんな中、威勢の良い声が響いた。

「雷の次は、火炎の出番だ!!　アレク様!!　後は、私にお任せください！」

振り返ると、そこには龍人に跨り剣を高く掲げるセレーナがいた。

エリシアが言う。

「良い所だけを持っていくつもりですか!?　ここは、アレク様に」

「いや、エリシア、ここはセレーナに任せよう」

闇魔法は邪神龍には効かないどころか、むしろ邪神龍の黒靄を復活させてしまうかもしれない──俺は、《転移》で邪神龍と距離を取った。

すぐに、「《炎龍》!!」というセレーナの叫び声が響くと、周囲が赤く色づき始める。

邪神龍をも凌ぐような大きさの火炎が、セレーナの剣から放たれる。

火炎はまさに龍のように伸び、邪神龍を呑み込むと──すぐに巨大な爆発を起こした。

「勝った！」

そう声を上げたのは他でもないセレーナ自身だった。

……まあ言いたくなるのも頷ける。先ほどの三十隻の艦隊をまるまる呑み込んでしまうような大きさの爆発だった。

邪神龍は跡形もなく消えた──俺もそう思いたかったが、邪神龍の魔力の反応は依然、爆煙の中に残っていた。

「これでも死なないか……」

やがて爆煙が晴れてくると、そこには龍が浮かんでいた。大部分の黒靄は晴れているが、鱗は思いの他綺麗だった。

マーレアス号の放った銛も吹き飛ぶほどの爆発だったが、これでも倒せないらしい。

あと、いったいどれだけ攻撃を加えればいいいか。

「ともかく攻撃を加えるぞ！　……あっ」

再び攻撃命令を出した時だった。

邪神龍はがくりと力を失い、海へ落ちていく。

さすがに飛べなくなったか……。

だが、安心したのも束の間、俺は頭上に現れた確かな魔力に気が付く。

空を見上げると、そこには腕を組み宙に浮かぶ人型がいた。

「あれは……悪魔!?」

そこには俺たちも帝都で戦ったような風貌の者がいた。濃い紫色の体をして、背中にはコウモリのような翼を生やしている。纏った闇の魔力を見ても、悪魔に違いない。

「我が一度のみならず、二度も人に負けるなど――ならんならん！」

今まで戦った悪魔はただ人への恨みを口にしていたが、目の前のこいつは発言がはっきりしていた。まるで俺の頭の中にいた悪魔のように。

しかし、悪魔は悪魔か。

すぐに手に紫色の光を宿し、周囲へと放ってきた。俺たちを殺したいのは変わらないらしい。

以前の悪魔よりも強い――だが、邪神龍ほどではない。

「こいつが動かしていたわけですか――なら！」

エリシアはすぐに聖魔法の光を悪魔へと撃ちだした。

光は悪魔の紫色の光を一瞬で消し去り、悪魔へと迫る。

セレーナも火炎の魔法で、また周囲の鎧族たちもクロスボウを射かける。

「ひっ!? な、なんだと!?」

悪魔は情けない声を上げると、空高くへと移動した。しかし、その口元はどこか愉快そうだった。

「――まさか」

俺はすぐに海面へ視線を戻した。

海に落ちていった邪神龍は……先ほどの転覆した貴族たちの船のほうに向っていた。ただ落下するのでなく、明らかに船の人間を襲おうと突進している。

邪神龍を覆う黒靄はすでに完全になくなっており、また邪神龍の持つ魔力もほとんどが失われているようだった。

それでもあの巨体が突進すれば、海で救助を待つ者たちは皆、波に呑まれるだろう。それに、闇の魔力のブレスが吐けなくなっても、炎は吐けるとしたら……。

後ろから悪魔の笑い声が響く。

「ひゃははは!! ばーか!! 引っ掛かってやんの!!」

（はあ!? なんなのあいつ!? うっざ！）

俺の頭の中の悪魔は声を荒らげる。相当苛立っているようだ。

しかしイラつく必要もない。あの悪魔は油断している。

「さあ、あいつらを助けないと――うおうっ!?」

エリシアの聖魔法が悪魔の体を掠めた。

「さっさとこいつを倒して、邪神龍に向かいます！」

「ああ……いや、間に合わない」

邪神龍はすでに艦隊へと肉薄し、口に魔力を宿しているようだった。ブレスを吐き出すのだろう。

一方で、そんな邪神龍に向け、何者かが分厚い魔力の壁を展開している。沈没した船の者の誰かが魔法を使っているようだが、邪神龍のブレスを防ぐのには少し物足りない。

悪魔は強力だが……ここにはエリシアやセレーナがいる。元悪魔祓いのティカも船から龍人に乗ってやってきてくれている。

「ここは、任せる」

俺の声に、エリシアはすぐに首を縦に振る。

それを確認した俺は、邪神龍の眼前に《転移》した。

すっと体が落ちていく感覚を怖がる余裕もない。目の前には巨大な龍が大きな口を開けて、火を宿していた。

黒靄に覆われてないせいか、先ほどよりもはっきりと邪神龍の顔が見えた。目は白く濁り、もはや何も見えてないようだった。

それでも邪神龍は、現れた俺に向かって口から火を吐き出す。

先ほどセレーナが放った《炎龍（ドラコアグニス）》に劣らない火炎のブレス。この規模の火炎を俺が打ち消すには、闇の魔法を使うしかない。

すでに邪神龍からは悪魔が抜けている。闇魔法を受けても、黒靄は復活はしないはず。

「頼むぞ……《黒弩砲（ダークキャノン）》！」

落下する中、俺は両手を邪神龍に向け、闇の魔力を放った。

赤みを帯びた黒霧が邪神龍の火炎へと向かっていく。互いが衝突すると、周囲に小さな爆発が広がった。

しかし俺の放った闇の魔力は、邪神龍の火炎を呑み込んでいきさらに勢いを増していく。そして邪神龍の顔に迫ると——

「——っ！」

龍に触れた闇の魔力は、大きな爆発を巻き起こした。

すぐに俺は海面に浮かんでいた木の板に《転移（ワープ）》し、《闇壁（シャドウウォール）》を展開し爆風から沈んだ船に乗っていた者たちを守ろうとする。

だがそれは必要なかったようだ。

先ほどよりも爆風は弱く、誰かが展開していた水魔法の壁によって十分に防がれていた。

——あの子が守ったのか。

俺は、ボートの上で、一人空に手を向ける女の子に気が付く。

雲一つない青空のような色の髪を、後ろで二つに分けて結わいている。年は七歳ぐらいだろうか、青色のドレスを着ていることから身分の高い娘に違いない。

——小さいのに勇気がある子だな。

空を見上げると、邪神龍は爆発によって遠くへと吹き飛ばされていた。すでにほとんど魔力が感じられない。

一方でさらに空高くからは、一つの黒い影が塵となって落ちていく。悪魔の残骸だろう。

悪魔はどうやら討伐できたようだ。皆、捕縛も試みたかもしれないが、油断できる相手じゃない。倒せただけでも良しとしよう。

「上手く……いったか」

俺はとりあえずマーレアス号に戻ると、ユーリたちに沈没した船の乗員を救助するよう伝えた。

一方で俺はエリシアと共にラーンに乗って、邪神龍の吹き飛ばされた方へ向かうのだった。

二十七話　龍の力

俺を乗せたラーンはルクス湾の上を飛び、邪神竜の吹き飛ばされた方向に向かっていた。

「逃げていく……あそこは……」

邪神龍は蛇のように体をうねらせ、海から浜辺をゆっくりと移動していた。向かう先は、龍人たちが避難していた崖下の洞窟のようだ。

ラーンは、それを見て言う。

「祠に……これは」

「人目に付かない場所だ。俺たちを呼んでいるのかもしれない」

俺はそう答えた。

体力を回復させるなら、海中深くに潜ればいい。しかしそうせず、しかもわざわざ自分が封印されていた洞窟に向かうのは、何か意図があるからだろう。

体の動きを見ても、邪神龍はもう瀕死の状態だ。

邪神龍が洞窟に入るのを見届けてから、俺たちも洞窟に入る。周辺には、龍人を探していた人間はもういなかった。

洞窟の中では、邪神龍が顔だけを海に向けて力なく横たわっていた。

ラーンが着陸し、俺とエリシアも地上に降り立つ。警戒する俺たちだが、ラーンだけは一目散に邪神龍の顔の近くに飛んだ。

邪神龍ももはや敵意はないようだ。瞼を開き、燃え滾(たぎ)るような赤い瞳でこちらを睨む。

禍々(まがまが)しく感じた先ほどとは違い、今の龍からは神々しさを感じる。瞳も鱗も宝石より眩く輝いていた。

一瞬驚くような表情をした邪神龍だが、駆け寄るラーンに視線を向けて口を開いた。

「我が血を引く葉末(はずえ)……苦労をかけたな」

ラーンの見た目は翼が生えたりと変わっているが、邪神龍は子孫と分かっているようだ。

「もう、何も仰らないでください、祖龍よ」

ラーンはそう言って邪神龍の頬を撫(な)でる。

邪神龍は首を小さく横に振る。

「我に気遣いは無用……我は己が力を過信し、闇すらも支配できると考えた愚者だ。罪なき人々を殺め、そなたたち葉末に永遠とも思える苦難の道を歩ませた」

闇を支配しようとし、そして邪神龍に堕(お)ちた。やはり闇魔法を使おうとし悪魔化するのと同じような感じだろうか。

「しかし……これは天龍の罰か、あるいは慈悲か。我が前に闇を操る——人間が現れるとはな」

邪神龍は俺にぎろりと目を向ける。

俺を人間と邪神龍は呼んだ。悪魔ではなく、人間と。

どこかほっとするような気がしたが、邪神龍は少し判断に戸惑ったようにも見えた。

邪神龍に訊ねる。

「俺が、一瞬でも悪魔に見えたのか？」

「いや、単に魔法を見て疑ったまで。そなたはどこからどう見ても人間であろう。人間よりも人間らしい」

「そう、か……」

「ふむ。その口ぶりからすると、何故自らが闇の力が操れるかは分からぬようだな」

邪神龍の問いに俺は頷く。

「一つ手掛かりがあるとすれば、この俺の手にある深淵(しんえん)の紋か」

まさか、俺を操るはずだった悪魔がポンコツだったからとは言えない。

(うん？　なんか言った？)

何かに熱中していたのか、頭の中の悪魔には聞こえずに済んだようだ。

まあ、本当にこいつのせいかは分からないのだが。

「なるほど人の授かる、紋章か。人間には、紋章があったか」

邪神龍はやけに納得したような顔をした。

「だが闇の神の紋を授かる者はいくらでもいたはず……いや、お主の持つ紋は……見たことがない」

「やはりか」

こくりと邪神龍は頷く。

「紋章は望むものを得られるわけではなかろう。そなたは闇の力を操れる紋を授かる運命にあった」

「運命？」

「闇の魔力を扱えるからには、何か特別な使命を課されている……かもしれない、という話だ」

「そんなことを言われてもな……」

「身構える必要はない。来る日がくれば、自ずとわかるはずだ」

確証があるわけでもないだろう。

そもそもやり直し前の俺には、特別な何かが起きたわけじゃなかった。いや、こうしてやり直せたのは特別だろうが……。

あるいは、やり直さなかったとして、その後に何かが起きたか。

いずれにせよ邪神龍の言うように身構える必要はなさそうだ。

「そうだな……どうしてこの紋章を授かったかより、俺はこの紋章でできることが知りたい」

この紋章のおかげで、こうしてたくさんの仲間ができた。これからも仲間を増やし、自分たちが住み良い地を作りたい。


邪神龍は首を縦に振る。

「自らの思う道を進めばいい。我のように力に溺れなければ、破滅することはないだろう」

「……肝に銘じておくよ」

俺が頷くと、邪神龍は感慨深そうに言う。

「ともかく、お主には最後に珍しいものを見せてもらった。そして何より、我と葉末を永遠の苦しみから解放してくれた。礼に、我が研鑽した龍眼を授けよう」

「龍眼？」

ラーンが頷く。

「生まれながらにして龍の目に宿る天龍の力です。人の紋章のように、龍に力を与えます」

「そんなものを俺に？　それに受け取るのなら、ラーンが」

末裔の代表であるラーンが受け取るべきだ。

しかしラーンは首を横に振った。

「祖龍がそうお望みなのです……それに、私の主はすでにアレク様。アレク様にこそ受け取っていただきたく存じます」

「だけど……その前にどんな力なんだ？　俺が授かっても仕方がないかもしれない」

俺の声に、邪神龍はふっと笑う。

「そんな大層なものではない。我が葉末が人の紋章のようだと口にしたが、人の紋章と比べれば、はるかに些細な恩恵だ。我ら龍は強者故、人ほど天には愛されておらぬのでな――いや、そなたには少し失礼だったか」

「気にするな……祟る神も神の内だから」

闇の神に愛されてしまったのだろう。

「ともかく、受け取るのだ。単に物を見極めるのに恩恵があるだけだ。我には時間がない」

「でも……ラーン、いいのか？」

ラーンは深く頷く。

「どうか、その力を以て我らをお導きください」

「分かった。頼む」

邪神龍はうむと答え、眼から光を発する。

やがて光が収まると、邪神龍が訊ねてくる。

「どうだ？」

「どう、と言ってもな」

「天を見上げ、よく目を凝らすとよい」

「目を凝らす？　――っ!?」

洞窟の岩の天井が透け、はっきりと青空が目に映った。

「天井が透けている？　外の景色か？　なんだこれ……」

「透視の力だ。絶えず血を巡らす生き物は難しいが、人の衣服や鎧ぐらいは透かして見えよう」

そう話すと、エリシアが何かに気付いたように呟く。

「……はっ！　ということは、いつでも私の体をアレク様が……！　今以上に体型を維持しなければ……！」

一人顔を赤らめるエリシア。

「絶対にそんなことには使わないから安心してくれ……いや、しかしこれは」

今までも壁越しなどで魔力の形を掴めた。だがこれがあれば、より詳細な情報を得られる。

覗きには使わないと言ったが、刺客が服の下に忍ばせた暗器を察知することもできるだろう。

「しかも、なんだか視力が良くなった気がする……動く物をはっきり捉えられるような」

「遠くを飛ぶ鳥の羽ばたきすらも鮮明に見えるはずだ。龍ならば誰しも得られる龍眼の力だ。同じく龍が持つ浮遊の力も得られたはずだ。お主は先ほど空中を瞬間的に移動していたが、きっと役に立つだろう」

軽くその場でジャンプして浮遊するよう念じると、俺の体はふわりとゆっくり落ちていく。邪神龍の言うように《転移（ワープ）》と組み合わせれば、空の移動も楽になる。

「すごい……どれも素晴らしい力だけど、魔法でもここまでの透視は難しい」

「喜んでくれるか。特に透視は弱点を探るため、鮮明に見えるよう鍛錬を重ねたからな」

邪神龍は満足そうな顔で答えるが、口から血を流す。

俺は言わなければいけないことを思い出す。

「……そうだ。お前の子孫――ラーンたちは、俺の眷属となってくれた。これからの難を逃れるためだ。お前も望むなら」

「我にも、その眷属になれと言うのだな。だが、無用だ」

邪神龍はそう言うと、洞窟の外に目を向ける。

「我はさらなる力を求めたがために、かつて罪なき者たちに対し災厄をもたらした。報いを受けなければならぬ。それに、葉末と己の力を絶やさずに済んだ。これ以上の福を我は受けてはならぬ」

無理強いはしない。

昔殺した人々に対し、罪の意識があるのだろう。

邪神龍はラーンに目を向ける。

「苦労をかけたな。我が血肉は今宵の餐とし、骨と鱗、牙は己を守る武具とせよ」

「祖龍の亡骸にそんなことはできません……」

「我はそなたたちに苦労をかけた。何か、そなたたちに遺したいのだ。それに血肉を与えるは、龍に伝わる葬儀でもある」

それでもラーンは首を横に振る。

そういった龍の信仰もあるのだろうが、ラーンたちは人間と交わりここで暮らしてきた。墓地も作っていたし、仲間の遺体はそのまま埋葬していたのだろう。血肉を食べろと言われても、なかなか受け入れられるものじゃない。

俺はこう提案する。

「帝国では故人の遺髪を残す風習もある。生え替わる物だけ、遺してはどうだ？　残りは、俺の島に埋葬する」

「となれば、髭と鬣、鱗、牙ということになるか……ラーンよ。それならば使ってくれるか？」

邪神龍の問いに、ラーンはゆっくりと頷く。

「それならば……形見と思い、大事にさせていただきます」

「そうか……ありがとう。これで思い残すことはない」

邪神龍は満足そうな顔をする。

ラーンたちにとっては自分たちを苦しめる原因を作った邪神龍だが、やはり自分たちの祖先ということもあり複雑な思いなのだろう。

そもそも帝国の貴族が封印を解かなければ、邪神龍が暴れることも、龍人が死ぬこともなかった。

龍人たちはここで静かに暮らせればよかったはずだ。

もちろん、善か悪かと問われれば邪神龍は悪だ。力を求め関係のない者を死に至らしめたのだから俺は同情できない。

「ラーン……ここでは長居はできない。邪神龍をアルスへと送るから、そこで仲間と最期を看取(みと)ってくれ。龍人たちもアルスへ戻っているはずだ」

こくりと頷くラーン。

しかしエリシアは不安そうな顔だ。

邪神龍が暴れるというよりは、俺にこの巨大な邪神龍をアルスへ《転移(ワープ)》させられるかと思っているのだろう。

だが龍人に仲間になってもらった——きっとできるはずだ。

俺はアルスの砂浜への《転移(ワープ)》を念じる。

すると、一瞬で燦燦(さんさん)と陽が降り注ぐアルス島へ戻ってきた。邪神龍はもちろん、エリシアもラーンも一緒だ。

邪神龍は驚くような顔をする。

「この風……こんなにも遠くへと一瞬で」

どうやら帝都とアルスが相当離れていることに気が付いたようだ。

邪神龍はこう続ける。

「龍眼を与えるに相応しい者だったな……そなたなら、龍王すらも降すかもしれん」

「龍王？」

「地上にある全ての龍の頂点に立つ者のことだ。お主の今後――天、いや地の底から見守るとしよう」

愉快そうな顔をすると、邪神龍は満足そうに目を閉じた。

その頭をラーンが優しく撫でる。まだ生きてはいるが、もう長くはないだろう。

「ラーン……俺はマーレアス号に戻って、救助なりやることがある。後は任せていいか？」

「任せるなど……お慈悲をくださり、ありがとうございます」

ラーンは俺に深く頭を下げた。

俺はこの後ルクス湾にいるマーレアス号に戻り、沈んだ船の乗員の救助を手伝うのだった。

二十八話　王女

「怪我をした人には肩を貸してあげて！」

ユーリの声が響く中、マーレアス号から帝都の埠頭へ救助した人員が運ばれていく。

俺は埠頭に下りてその様子を確認する。

「……いやはや。いいところを見せる機会だったが」

「醜態を晒しただけだな。むしろ、あの方の勇気ときたら」

肩を落としながら降りてくるのは、帝国貴族たちだ。

あの方……俺のことではないよな。

姿は見えないようにしていた。もちろん、俺の眷属たちについては気づいているが。

邪神龍と俺の眷属が戦ったのを皆目撃している。救助したのも俺たちの船だし、多少は良い評判が広がると良いのだが。

そんな中、周囲がにわかに騒がしくなる。

貴族たちが、マーレアス号に向かって頭を下げているのだ。

怪我をした女性を抱えながら運ぶセレーナが私のことかと得意げな顔をするが、違う。

皆、セレーナの後ろから歩いてくる少女に頭を下げているのだ。

青いドレスの少女。年は七歳ぐらいか。青空のような長い髪を後ろで二つに分けて結わいている。

碧玉(へきぎょく)のような瞳と白磁のような肌が、幼いながらも気品さを感じさせる。

彼女は先ほど見た。

沈んだ船から海に逃れた者たちを守るため、一人邪神龍に向って水魔法の壁を展開していた子だ。

貴族たちが勇気があると称えていた者は、この子のことか。

実際に攻撃を防ぎ、邪神龍を吹き飛ばしたのは俺だ。

しかし、俺の姿は周囲には見えないようにしていたため、貴族たちからはこの子が倒したように見えたのだろう。

まあそのほうが俺としても都合がいい。

それに、あの子に勇気があるのは事実だ。あんなに小さいのに邪神龍に立ち向かうのだから。

怪我をした女性を下ろしたセレーナが微笑ましそうに言う。

「おお！　可愛らしい方ですね！」

「え、ああ……いやそれより」

周囲の貴族たちの反応を見るに、やはり身分の高い子なのだろう。

大人の貴族が跪くぐらいだから、公爵家以上の子なのは間違いない……しかし、見たこともない子だ。同じ年齢ぐらいの帝国貴族の子なら、だいたいは顔を合わせているはずなのに。

とするとまさか……。

俺はヴィルタスの言葉を思い出す。

ある王女が帝都にやってくる、という言葉を。

その王女が彼女というわけか。

なるほど。何故貴族たちがああも張り切っていたのか分かった。相手が魔物にしろ海賊にしろ、討伐してあの子とお付きの者に名前を売ろうとしたんだ。

目的はあの子に年が近い一族の者と婚姻させるため。

これだけ張り切るのだから、相当良い所の御息女なのだろう。

俺には無縁な話だと眺めていると、埠頭に下りた少女はこちらに体を向ける。

え？　俺？

そのまま歩いてこようとするが、すぐにお付きの者に引き留められてしまった。

お付きの者はこちらを白い目で見ながら、ひそひそと女の子に何かを伝える。俺が闇の紋を授かった第六皇子アレクと知っているのだろう。近づかないほうがいいと言っているのだ。

しかし女の子はその話の途中で再び歩き出し、俺のもとにやってきた。そして一礼する。

「お初にお目にかかります、アレク殿下。リュクマール王が三女ネーレと申します」

淀みのない透き通る声だった。顔を上げるネーレだが、その顔からは恐れや軽蔑は感じられなかった。

闇の紋を持つ者にも分け隔てなく接してくれる子なんだな……。

しかしリュクマール王国か。西部(せいぶ)一の金持ち国家じゃないか。

リュクマール王国の版図は大陸西岸の中央にある。

伝統的に交易が盛んな国のため、政治を司る評議会は貴族だけでなく大商人の議員もいる。西の海には百年前に入植が始まった巨大な島リューセル島が浮かんでおり、そこからもたらされる魔鉱石と黄金で栄華を極めていた。

貿易を重視する国家だけあり、大陸一の軍事力を持つ帝国とは友好関係にある。とはいえ、帝国で反乱が相次ぐと公然と帝国の領土を侵すようになるが。

これは貴族たちがこの子に注目する理由も頷けるな……リュクマール王家と婚姻関係を結べれば、莫大（ばくだい）な資金援助が期待できる。

そんなリュクマールの王族であるネーレは、さすがに教育が行き届いているようだ。七歳にして、礼儀作法を心得ている。

ネーレは再び頭を下げて言う。

「アレク皇子。先ほどは危ないところを救っていただき、誠にありがとうございました」

俺が魔法で救ったから、というわけではなく、俺の船が海で漂流するネーレたちを救助したからだろう。礼儀正しい子だ。

「気になさらず。たまたま船で近くにいただけですので。それよりも他の貴族の話では、一人であの大きなドラゴンに立ち向かい、見事攻撃を防いだばかりか、爆風で吹き飛ばすという。このアレク、感服つかまつりました……！」

胸に手を当て、小さく頭を下げる。

しかし顔を上げると、ネーレは首を傾げていた。

まだ七歳だ。感服とかでは分からなかっただろうか。

「いや、難しい言葉で失礼しました。すごい魔法だなと」

「私の魔法なんて……それよりも……あっ」

ネーレは何かに気付いたように顔を横に向ける。

そこにはおーいと手を振る俺の兄——第四皇子ヴィルタスがいた。

「いやあ、よく来られた！　ネーレ王女！」

その声に、ネーレは体を向け綺麗なお辞儀をする。

「お久しぶりです、ヴィルタス皇子」

「船が襲われたと聞いて心配したが……まさか、アレクの船が近くにいるなんてな。これは、何かの運命だ！　運命に違いない！」

ヴィルタスはそんなことを大げさに宣う。

ネーレのお付きの者たちは当然いい顔をしない。

俺はヴィルタスの背中に手を回し、無理やり腰を曲げさせ、自分も頭を下げる。

「ごめんなさいね、ネーレ王女……この兄上は帝国中でもくだらない冗談を口にすることで知られていて」

「存じております」

即答するネーレに、ヴィルタスは苦笑いする。

「うん……まさか、ネーレ王女は兄とお知り合いで？」

「ええ。二年前、リュクマールの王宮で」

「そうでしたか。何だ、兄上。知り合いならもったいぶらず教えていただければいいのに」

「もったいぶるも何もない！　俺はもともとネーレ王女をお前に紹介しようと思ったんだ！」

ヴィルタスは俺の肩をぽんぽん叩きながら言う。

「ネーレ王女。アレクは少しぶすっとしていて大人ぶるところがあるが、それなりのやり手だ。あれだけの船を持っていることを見ればお分かりだと思う。優秀な部下をたくさん抱えているんだ」

ネーレは感心するような顔を俺に向けた。

「そうだ！　こいつは色々便利だ！　きっとネーレ王女のお役に」

俺は「少しよろしいですか」とネーレに断って、ヴィルタスを少し離れた場所に引きずり出す。

「どうした、アレク。俺は」

「俺をあの子とくっつけようって魂胆だろ。空気を読め。どう考えても、歓迎されていない」

「あの子は闇の紋だからと拒否する子じゃない」

「それはそうだろうが……まだ子供だ。それに周囲もリュクマール王家も歓迎しない」

「何怒っているんだ？　……ああ、そうか。お前まだ」

「ユリスとはもう何の関係もない……彼女は自分の道を行くことにしたんだ。そもそも、面識があるなら自分を売り込めばいいじゃないか」

「子供はちょっと」

ヴィルタスは苦笑いを浮かべながら首を横にする。そりゃ今は子供だが将来は大人になるわけだし……。

「……年上好きなのは知っている。でも、すぐに結婚するわけじゃないだろ……ともかく、彼女の意思を」

「あの……」

ネーレの声に、俺は笑顔で振り返る。

「なんでしょう、ネーレ王女」

「お忙しいようですので、私はこれで。ただ一言、ヴィルタス殿下にお伝えしたいことが」

ヴィルタスは参ったなという顔をして言う。

「俺に？　……その、あの」

「ヴィルタス皇子……申し訳ないのですが、私はすぐに帝都を去ります。我が王からヴィルタス皇子に帝都でのお世話をお願いされていたと思うのですが、それを辞退させていただきたいのです」

その言葉にヴィルタスはへっと間抜けな顔をする。

「これから、皇帝陛下にお目通りを願い、直接お詫びを申し上げる次第です。本当に、申し訳ございませんでした」

ネーレはヴィルタスにぺこりと頭を下げると、今度は俺に顔を向ける。

「アレク皇子も本当にありがとうございました……船にお礼を置いてまいりましたが、とても返せる恩ではございません。またこの礼はいつか必ず」

「そんなことは……本当にお気になさらず」

俺が言うと、周囲の付き人たちがお時間がとネーレに伝える。

「それでは失礼いたします。アレク皇子……また」

するとネーレはもう一度深く俺たちに頭を下げて、帝都のほうへ向かっていくのだった。

隣には、ぽかんと口を開けるヴィルタスが。

俺は白い目を送る。

「……振られてやんの」

女子には絶対的な人気を誇るヴィルタスだ。自分でもそれは承知しているだろう。だからこそ、ネーレが自ら離れることに驚きを隠せなかったのだ。

ヴィルタスは顔を真っ赤にして答える。

「う、うるさい！　もともと俺は断りたかったんだ！　世話役なんかになれば、必ず婚約の話になる！」

「だからって俺に振ろうとするなよ。仮にも闇の紋章を持つ俺なんかに」

「そうはいうが考えてみろ。リュクマールの王女だぞ。あの国は金が物を言うから、闇の紋を持っていても金さえあればそれなりの暮らしができる。理想の結婚相手じゃないか。まあ、もう何を言っても遅いか……いや、あの子、最後お前を見てまんざらでもない顔してたな」

「ありゃ、大人の対応ってやつだよ……」

まあ確かにリュクマールは俺にとって帝国より過ごしやすい国だろう。ヴィルタスなりに俺のことを気遣ってくれたのは間違いない。

それにネーレはとても聡明（そうめい）そうな子だった。魔法の腕もいい……そもそも、俺なんかとは釣り合わないような子だ。

「いずれにせよ、本人の意思に反した婚約は反対だ……」

「お前がそれを言うか？　ちょっと前、あのユリスと結婚したいなんて周囲に言い放ったお前が」

「そ、それは……いや、そうだ」

俺はユリスのことを思い出す。今ユリスは、商会で休んでいるはず。エリシアに救護を頼んだが……。

「と、ともかく、これで調査は終わりだ。ドラゴンはあのネーレ王女の活躍で倒された。ルクス湾はもう大丈夫だろう。ヴィルタスは宮殿で、ネーレ王女の活躍を父に伝えてやれ。そうすれば、あのネーレ王女も帝都を離れやすくなるだろう」

「そうだな……そうするか」

「ああ。俺はまたしばらく帝都を離れる。用があれば、商会の者に」

「了解だ。にしてもアレク」

「うん？」

「いや。お前と話すようになってまだ数日のはずなのに、なんだかお前とはずっと仲が良い気がして」

ヴィルタスにしては珍しい表情だった。心底不思議そうな顔をしている。

それはまあ、やり直し前に色々と話してきた。仲が良いというほどではなかったが、気は合った。趣味も性格も熟知している。

「……単に変わり者同士、気が合うだけだろう」

「かもな……まあこれからもよろしく頼むぞ。特に金の話は」

「言われなくても大きな話には巻き込んでやる」

俺が答えると、ヴィルタスはふっと笑い、そのまま宮殿へと歩いていった。

その後、俺も急いで商会へと向かうのだった。

二十九話　婚約者

俺は急ぎセレーナと共に、帝都のエネトア商会の中庭へ《転移(ワープ)》した。

「どこにいる？」

「裏手です。青髪族たちの休憩室だったかと。案内します！」

セレーナはそう言って、通りから見て商会の奥側のほうの棟へ入る。俺もそれに続く。

ここは入り口側と違って、ちょっとした倉庫や俺の眷属たちが休憩したりする部屋をいくつか設けてある。私的な空間だが、一般の者に見られても問題ないようにはしている。

上層階は眷属以外に見られたくない物が多いからな……っと。

セレーナが足を止めて、ある扉を指さす。

「こちらですね！　三人ともまだ寝ているかと。入られますか？」

「いや、たまたま目を覚ますこともあり得る。実は倒した龍から力を授かってな……透視ができるようになったんだ」

小窓がある部屋ではないので、目視できない。容態を見たいのに魔力の反応を見ても仕方がないし。

セレーナはおおと声を上げる。

「そんな力が！　早速役に立ちそうですね！」

「ああ。それじゃあ試して——うん？」

壁越しに見えてきたのは張りのある肌、引き締まった体、豊かな胸——青髪族の娘たちが着替えている最中だったようだ。

即座に透視を中断し、俺はセレーナをじっと見つめる。

「……嵌めたわけじゃないよな？」

「へ？」

「間違っているぞ……中にユリスはいない」

セレーナはまさかと扉を開き中を見る。すぐにあっと言葉を漏らしてこちらに振り向く。

「不覚……申し訳ございません！　反対側の部屋でした！」

セレーナはあわてて答える。本当におっちょこちょいなやつだ……。

俺は反対側へ顔を向けるとまずは魔力を確認する。

中では、何者かが三人が横になっている。その近くには、治療や介抱のためか数人の影があった。

今度は間違いないな……。

透視で部屋を覗いてみる。

次第に中の様子が鮮明に見えてきた。

三つのベッドがある。中央にユリス、その両隣に二人の従者が寝ているらしい。

鎧や外着で寝かせるわけにもいかないからか、周囲の眷属たちが寝間着に着替えさせたようだ。

彼女たちの装備や所有品は、その近くに整理されて置かれている。

「ユリス……」

そこには確かに、俺の知るユリスが寝ていた。

前世で特に関わりがあったわけではない。それなのにまるで自分のことのように、俺は安心している。

もう龍やら魔物退治なんてやめてほしい。願わくばどこか静かな場所で暮らしてほしいとさえ思っている。

俺はどうして、こんなにもユリスのことが――

相手は小さな女の子だ。表現を間違えれば、色々と危険であることは百も承知だ。

もちろん、断じてユリスを卑しい目では見ていない。

そんな感情じゃなくて……あるのは、先のヴィルタスの言うように俺のわがままで婚約者にさせてしまったという一種の罪悪感か。

でも、ユリスはやり直し前、そもそも俺のことなど眼中にないようだった。

今も、各地の邪竜を狩ることに集中しているようだ。

やり直し前も、もっと後のことだが邪竜を狩る白銀の髪の冒険者が話題になっていた。今思えば、その冒険者も失踪したユリスの可能性がある。

邪竜に恨みでもあるのか？

今回、七歳のときから邪竜狩りを始めたということは、俺と婚約する前から心に秘めていたことなのだろうか。

それにユリスの計画や言動はとても七歳とは思えない。今回だって、邪神龍がルクス湾に潜んでいるのが分かっているようだったし。

何もわからない……。

だからこそ、話を聞いてみたい。

しかし、ここで俺が出ていくのは不自然だ。

ユリスは邪竜だけでなく、近しい悪魔をも憎んでいる可能性がある。闇の紋を持つ俺を良く思ってないかもしれない。前も言ったが、俺が理由で出ていった可能性はないわけではない。

そんなことを考えていると、俺はエリシアがずっと立ち尽くしているのに気が付く。

「エリシア……治療中か？」

ユリスの横の隣で眠る従者を、エリシアはじっと見つめていた。

従者は二人だった。一人は重厚な鎧を纏う背の高い女性で、もう一人はローブを羽織った魔導士風の背の低い女性。

エリシアが見ているのは、背の高い女性のほうだ。

長いブロンドの髪の……え？

今までは仮面をつけていて姿が分からなかったが、今ではどちらの従者も素顔を晒している。

二人とも端正な顔立ちをしている。年も十代後半ぐらいだろう。

それは問題じゃない。背の高い女性は、一見エリシアに見えるような顔をしていたのだ。

近くで見ないことにはなんとも言えない。同じ金髪でも、女性はエリシアよりもずっと明るい色

でも、エリシアの固まった表情がすべてを物語っている。エリシアは自分と似ている女性に驚いているのだ。

やがて何かを察したのか、セレーナが部屋に入る。

セレーナもまた、エリシアと女性が似ていることに気付いたようだ。

「……後は私が。外で」

そう言って親指をこちらに向けるセレーナ。俺が外にいると伝えてくれているのだ。

「セレーナ……はい」

エリシアはすぐに部屋を出ると、いつもと変わらない笑顔を向ける。

「アレク様、ご安心ください。三人とも深い傷はありません。すぐに目を覚ますかと」

「ああ、ありがとう。だが、あの背の高い女性……透視で見ただけだが」

「……空似でしょう。よくあることです」

たしかに姿の似た人物は珍しくない。そもそもエリシアは元々オークと人の魔族で、もともとオークに近い見た目をしていた。今の姿は後から得たものだ。

たまたま近くに通りかかっていた者の姿が反映されたとか……それは考えにくいか。

しかしそれにしてもエリシアの表情――人間である母親の面影を、あの女性に見たのかもな。

そんなことを考えていると、部屋から声が響く。

「ここは……」

透視で改めて中を見る。

ユリスが目を覚ましたようだ。上半身を起こし、周囲を見ている。

セレーナはユリスに体を向け、丁寧なお辞儀を見せる。

「私は、エネトア商会の長セレーナ・ディ・エネトアと申します。船がルクス湾に落ちるあなた方を救助しましたの。……ああ。あの海獣は貴族や他国の王族の船団によってすでに倒されておりますわ。ご安心を」

いつもの暑苦しいセレーナとは打って変わって、まるでどこかの令嬢のようなお淑やかな口調と素振りだ。

「私はリリーよ……それよりも、エネトア商会？　たしか、その商会はもう……」

ユリスは心底不思議そうな顔をした。

「ええ。前会長と妻子は商売敵トーレアスの陰謀によって自ら命を絶ちましたの。商会も放棄されていましたが、遠戚である私が継いだのですわ」

「そんなことが……でも、彼らはロープリオンで」

ユリスは周囲の青髪族に気が付く。俺のロープリオンの店でも見たのを覚えていたのだろう。

これについては回答を用意していなかった……しかしセレーナはこう返した。

「ロープリオン？　アレク殿下のお店に寄られたのでしょうか？　それでしたら、当商会は再建のためアレク殿下から資金、人材の両面で援助を受けておりまして。ロープリオンから人員を送ってくださったのですわ。少し前に、あるお客様から金貨百枚を受け取ってしまったとかで、余裕があるとか」

「そう……だったの」

青髪族はユリスに向かってどうもと頭を下げる。

少しセレーナを見くびっていたかもしれない……仮にも若くして各地を転戦する軍団長だった者だ。芝居の一つや二つは打ってきただろう。

あるいは、単にユーリに相当仕込まれただけか。今回もユーリの用意した設定だったりして。

ともかく良かった。

ふうと息を吐くが、セレーナはさらに饒舌(じょうぜつ)に語る。

「アレク殿下はとても聡明なお方ですわ。闇の紋を持っていた前店主を哀れに思い、援助してくださったのです。まだ幼いのに、本当に慈悲深いお方です。ほっぺのあたりとか……特に可愛らしいし。それに、本当にお優しい」

やっぱりユーリが優秀なだけだ……これ以上はボロがでる気がするぞ。

誰かに止めさせるかと考えたが、俺はユリスの言葉に耳を疑う。

「優しい……彼は、本当に優しい」

ユリスに優しくしたことなど、一度としてあっただろうか。

そもそもが、俺自身紋章を授かる前の記憶が曖昧なのだ。

俺の中身は、二十歳だ。婚約のきっかけとなった六歳のときのことなど、もう覚えてはいない。

俺がユリスと結婚するという言葉が婚約に繋がった、という事実だけが記憶に残っているだけだ。

しかしユリスは懐かしそうな顔で、俺が優しいと口にした。とてもお世辞とは思えない……いや、心のどこかで俺がそう思いたいだけかもしれないけど。

でも……なんだか嬉しいというか満たされるような気がするのは何故だろう。嫌われてなかった、というのが分かったからか。

セレーナがうんうんと答える中、ユリスは再び口を開く。

「その……アレク殿下はどこにおいでか分かる？」

「それは……申し訳ございません。私もそれは把握しておりませんので」

「そう、よね……いや、私はまた」

ユリスはぶんぶんと首を横に振った。

「ごめんなさい、気にしないで。アレク殿下にもどうか」

「もちろん口外はいたしません。それよりもお食事を用意しますから、どうか」

「ありがとう。でも、すぐに発つわ。悪いけど他の二人が起きたら……大丈夫のようね」

従者の二人は上半身を起こすと、周囲を見渡す。

ユリスはそんな二人に声をかける。

「近くを通りかかった船に助けてもらったのよ……ごめんなさい、二人とも。邪竜と邪神龍は別物。慢心していたわ」

「お気になさらず。私たちの実力が足りないだけ」

背の高い女性——エリシアと似た女性はそう答えた。顔はやはり似ているが、声はエリシアと違って少し低い。

もう一人の背の低い女性も悔しそうな顔で頷く。

そんな二人にユリスは頭を下げた。

「そんなことはないわ。私がまだまだなだけ。今度は……もう、同じことは繰り返さないから」

その言葉に、二人の従者は深く頷いた。

ユリスは改めてセレーナに顔を向ける。

「ありがとう。着替えたら、すぐに発つわ。お礼ももちろん」

ユリスはベッドから立ち上がると、大量の金貨の入った麻袋をセレーナに手渡す。

「お、お待ちを。海で溺れている者を助けるのは当たり前のことです。こんなものは」

「気にしないで。私もこのエネトア商会の再建が上手くいってくれると嬉しい。今度は客として、利用させてもらうわ」

そう答え、ユリスはすぐに鎧に着替え始めた。他の二人もそれに続く。

俺への言葉はお世辞かもしれない。

でも、エネトア商会の再建が上手くいってほしいと、大金を渡した。前会長が闇の紋の持ち主と知りながら。ユリスは闇の紋の持ち主を嫌っていないのは確かだろう。

（おっ！　大金ゲットじゃん！　しっかしこの子、本当に金持ちね……まだ子供じゃないの？）

悪魔が驚くのも無理はない。前も金貨百枚をポンと出した。余裕がなければこんな金額は出せない。邪竜退治でそれなりに稼いでいるのだろう。

セレーナは少しお待ちをと慌てて部屋を出てこちらにやってきて、小声で言う。

「どういたしましょう？」

「余裕があるからくれたんだろう……預かっておくと答えてくれ。それと」

俺はポケットから魔鉱石のブレスレットを三つ出す。

「《闇壁（シャドウウォール）》を付与した魔導具だ。闇の魔力の壁を展開する古代の遺物だと、渡してやってくれないか？」

防御手段が増えるはずだ。聖魔法以外なら、それなりに防げる。

もともと魔導具は外部の者には渡さないようにと決めていた。セレーナは大丈夫なのかと言わんばかりの顔をする。

しかしエリシアが無言で頷くと、セレーナも首を縦に振った。

「……かしこまりました」

セレーナは部屋に戻ると、すでに着替えを済ませたユリスたちにブレスレットを見せる。

「先ほどのお金は融資と思って預からせていただきます。お礼というのも変ですが、皆様こちらを」

「これは？」

「古代の魔導具です。闇の魔力の壁を展開し、身を守ってくれます」

「闇の魔導具……そんなものが」

「出所は魔王国のようですが、聖魔法以外には有効でしょう」

「ええ、とても強力な魔導具だわ……でも、そんな貴重な物をいいの？」

「もちろんです。預かったお金で、もっといい物を仕入れられるようにいたします」

セレーナはそう言って、ユリスにブレスレットを渡す。

ユリスはこくりと頷き、それを受け取った。

「ありがとう。大事に使わせてもらうわ」

すぐにユリスは部屋を出るだろう。俺は上層階に上がり、窓からユリスを見送ることにした。

ユリスたちが乗っていたペガサスは龍人たちが保護してくれたようで、通りの馬つなぎに繋がれていた。

ペガサスはたしかに珍しいが、帝都ではそれなりによく目にする生き物だ。周囲に観衆はいない。

建物から出てきたユリスたちはペガサスに騎乗すると、そのまま空を上がっていく。

ユリスの視線は商会、いや俺に向けられている気がした。しかしやがて前へと顔を向ける。

……どうか無事でいてくれ、ユリス。

西の空に飛び立つユリスの背を見て、俺はそう願うのだった。

三十話　海の向こう

夕暮れ時、アルスの北岸に俺は来ていた。

そこでは白浜の上に、安らかな顔で横になる邪神龍がいた。それを、ラーンと龍人たちが囲んで見ている。

潮騒（しおさい）の中、よく通る声が響いた。

「……我が清浄なる炎にて葬らん──《炎葬（アグニス・レクイエム）》」

セレーナが剣を一振りすると、動かなくなった邪神龍は一瞬で赤い火に包まれた。

《炎葬（アグニス・レクイエム）》──痛みを与えることのない火……実際は、痛みを感じる余裕も与えないほど高温の火を放つ魔法だ。それゆえに、慈悲の炎魔法とも言われている。

いずれにせよ、すでに邪神龍は息絶えているから痛みを感じることもない。

燃える邪神龍を前に、ラーンと龍人が目を瞑り黙祷（もくとう）を捧（ささ）げていた。

やがて煙が収まると、そこには息を呑むような虹色の輝きを放つ鱗が落ちていた。角、牙、骨も見える。

このうち、骨はアルスで埋葬することとなっている。

すでにゴーレムとスライムによって墓地が造られていた。

「逝ったか……」

俺は目を瞑り、邪神龍の安息を願った。

龍人たちの中にはやはり泣く者もあった。

しかしラーンは気丈な顔でこちらにやってきて、すっと首を垂れた。

「ありがとうございます、アレク様。どうぞ、我らが祖龍の亡骸はお使いください」

亡骸とは邪神龍が龍人に形見として残した鱗、角、牙のことだ。髭と鬣はすでに火葬の前に切り取られている。

「いいや、ラーン。これは邪神龍がお前たちに形見として遺してくれた物だ。それはできない」

「ですが……」

「どのように形見にするかはユーリたち青髪族と相談すると良い。彼女たちならきっと邪神龍も満足する物に仕立ててくれるはずだ」

俺が言うと、ラーンは深く頷いた。

「しかし……強かったな。俺一人ではとても」

「何を仰いますか。アレク様でなければ、あの邪龍は倒せませんでしたよ」

エリシアが驚いたような顔で言うと、セレーナもこう呟く。

「左様です！　アレク様のあの一撃――思い出したくはないですが、間違いなくアルスを襲った黒衣の女以上のものでした。きっとアレク様はあらゆる悪魔よりも強くなられます！」

「買い被りすぎだって……それに、本当に俺一人じゃ無理だった。エリシアとセレーナの魔法、そしてあの雷魔法を流せる銛……ネイトだな」

近くに立っていたネイトは、俺にこくりと頷く。

「ユーリ特製ティアルス超弩砲、です」

「もともとアルス防衛のために造ったんです。思いがけない形ですが、さっそく役に立ちましたね」

ユーリの声に俺はああと頷く。

「あれのおかげで邪神龍の動きが鈍った。ユーリと青髪族の技術力はさすがだな。それを使いこなしたネイトも見事だった」

それほどでもと淡々と答えるネイト。その隣に立つティカに俺は目を向ける。

「ティカも邪神龍から飛び出した悪魔を迅速に排除してくれた」

「私には、そんなことしかできませんから。それに、あれだけ言葉がはっきりしてたのを捕らえ損ねました」

ティカは悔しそうに呟いた。

捕縛していれば確かに悪魔がらみの情報は得られたかもしれない。

「何よりも皆の命が大事だ。二人ともよくやってくれたよ。これからも自分と仲間の命を一番に頼む」

「はい。肝に銘じます」

ティカとネイトは深く頷いてくれた。

「そもそもラーンたち龍人がいなければ空中戦は無理だったし、他の皆も邪神龍に攻撃を加えたり救助も行ってくれた……皆、本当によくやってくれたよ」

その言葉にエリシアたちは顔を見合わせ満足そうな表情を見せた。

エリシアがそんな中、こう呟く。

「我ら一同、これからもアレク様をお支えいたします！　どこでも地獄でも、我らはアレク様と一緒です！」

「ありがとう……皆、これからもよろしくな」

皆、はいと元気よく応じてくれた。

そんな中、セレーナが言う。

「いやあ、しかし。アレク様は色々と隅に置けない方ですな！」

「配下の身で失礼ですよ、セレーナさん」

エリシアが呆れた表情で言うが、セレーナはいやいやと続ける。

「エリシアはあれを見て、何も思わなかったのか？　……まあ、アレク様だ。好かれるのも無理はない！」

その声にユーリがえっと声を上げる。

「え、なになに？　アレク様に好きな人が？　それとも逆？」

「うむ、表情を見るにどちらもアレク様を好いている！」

セレーナが言うと、エリシアもそう言えばと何かを思い出すような顔をする。

「たしかに、あの銀髪の子……アレクと呼ぶときに熱がこもってましたね！」

「そうそう。それに、埠頭ではどこかの国の王女にも熱視線を送られていた！」

その言葉にユーリだけでなくティカとネイトも興味津々といった目を、セレーナに向ける。

するとセレーナはユリスやネーレ王女について語り始めた。

それでそれでと鼻息を荒くする面々。ラーンも遠慮がちながらも、それに耳を傾けていた。

二人については情報共有しておくべきなので、話すなとは言えない……。

「盛り上がっているところ悪いが、やましいことは何もないからね……それよりもネーレ王女といえば」

俺は《黒箱（ブラックボックス）》の中にある金貨の入った袋を、近場の作業台に置いていく。

これはネーレから受け取ったお礼だ。なんと金貨百枚。ネーレは王家の者だから、救助すればたしかにこれぐらいの額が与えられるのが妥当か。

そして同じ大きさの袋がもう一つ。

これは、ユリスからもらった百枚の金貨が入っている。

改めて大量の金貨を目にすると、なんだかもらい過ぎな気もしてしまう。素直に喜べない。

まあ、やはり何かの折にあの二人の力になってあげればいいか。

ともかくせっかく皆で得たお金だ。皆のために使うべきだ。

(これで競馬行くわよ！　そうすれば、もっと稼げるわ！)

頭の中の悪魔の言うように賭博に使うなんてもっての他だ。

俺は咳払（せきばら）いして言う。

「お前たち……くだらない妄想をしていると、龍人の歓迎会に出席させないぞ」

「歓迎会？」

「せっかく大金が手に入ったんだ……皆で親睦を深めるための会でも開こうじゃないか。龍人たちとの顔合わせも兼ねて」

俺の言葉を聞いてか、ラーンが目を潤ませる。

「アレク……様。なんと慈悲深いのでしょう……私、うっ」

急にふらつくラーンに、俺はすぐに駆け寄る。

「ら、ラーン？　え？」

俺が支えようとすると、ラーンは急に体を光らせる。

エリシアたちも支えてくれるが、俺はラーンとそのまま一緒に砂浜に倒れてしまった。

倒れる途中、ラーンはどうやら俺に傷を付けまいと抱き寄せてくれたようだ。

やがてラーンと俺が倒れ、ラーンを包んでいた光が収まると——目の前には砂浜に倒れた紫色の長い髪の女性がいた。

「これは……以前の姿？　どうやら龍の姿になるのは、力が必要のようですね」

「あ、ああ」

俺はラーンに抱き寄せられていた。大きくやわらかな何かが、俺のまだ細い胸板を包み込んでいる。

「ご、ごご、ごめん！」

俺は慌ててラーンから離れた。

ラーンはきょとんとした顔をしながら上半身を起こすと、あわてて口を開く。

「アレク様が何故謝られるのです？　私こそ突然」

「だ、大丈夫だから……」

何が大丈夫なのですかと訊ねてくるラーンだが、周囲がなにやらニヤニヤしていることに気付いたようだ。

俺は皆に背中を向けて言う。

「ゆ、ユーリ！　ラーンと龍人たちに、龍化しても持ち運べるような服を作ってくれ！　それから俺は今から帝都に行って、今日の歓迎会の食材を揃えてくる！」

「あらあら……アレク様には少し刺激が強すぎたかもしれませんね」

エリシアが言うと、皆のふふふという声が聞こえてくる。

俺は逃げるように帝都のエネトア商会へと《転移(ワープ)》するのだった。

■■■

皇帝の間に、一人の少女が謁見のため参内していた。

「よく来たな、ネーレ王女。面を上げよ」

玉座の皇帝は、自分の前に跪くネーレを見て言った。

アレクたちがちょうど邪神龍を弔っていた夕方。

リュクマール王国の王女ネーレは、皇帝と謁見していた。

皇帝の間には、そのネーレを一目見ようと多くの貴族たちが集まっていた。

そして玉座の隣には第四皇子ヴィルタス……その隣には、第七皇子ルイベルが立っている。

この場の誰もがネーレを細い目で見つめる中、ルイベルだけは無表情だった。彼は自室にいたのだが、ネーレが来るということで半ば無理矢理、皇帝から連れ出されたのである。

ともかく歓迎の雰囲気の中、ネーレは迎えられた。

申し訳なさそうな顔で皇帝はネーレに声をかける。

「ルクス湾でのこと、耳にした。我が海軍が申し訳ない……」

「いえ、フラティウス陛下。あの竜と戦う者を救助しようと、私が自船の進路を変えさせなかったのです」

「そうは言っても、荒波の中で竜と立ち向かうなど誰もができることではない。類まれな【海神】の紋章の持ち主とは聞いていたが、まだ幼いのに立派なことだ……」

皇帝はそう言うと、侍従に視線を送る。

すると侍従たちは、大量の金銀宝石が入った化粧箱をネーレの手前に運んだ。

「ワシからそなたとリュクマール王国に礼を送らせてほしい。そして此度（こたび）のネーレ王女の竜退治を記念し、帝都の中央広場にそなたを象（かたど）った金の像を建立させる」

その言葉に、ネーレは首を傾げる。

「竜退治？ 僭越（せんえつ）ながら、それは私ごときにあまりにも過ぎたるお言葉です。このお礼もとても受けれません。私は、竜など退治してはおりません」

「何を申すか。このヴィルタスから話は全て聞いておる」

皇帝は隣に立つヴィルタスに顔を向ける。

笑顔を作り、ヴィルタスは頷く。

「ええ、父上。ネーレ王女は一人小舟の上に立ち、沈んだ船の船員を守るため魔法を」

「私の魔法ではとても。倒したのは、アレク皇子とそのお仲間たちです」

ネーレの口から前触れもなく飛びしたアレクという名に、皇帝は目を丸くした。

ヴィルタスの隣で無表情で立っていたルイベルの眉間も、ぴくりと動く。

皇帝は少し不機嫌そうな顔でヴィルタスを睨んだ。

「アレク……だと？　ルクス湾におったのか？」

「え？　ああ、はい。たしかワイバーンか何かで編成された飛行部隊と、一隻の帆船で、その竜と戦闘を繰り広げていたと聞いています」

「あやつ……船なんぞ手に入れていたのか。どうせ、たいしたことはしておらぬのだろう？」

「ええ。ネーレ王女をはじめ、自前の船で救助したのは事実のようですがね」

ヴィルタスがそう答えるが、ネーレは首を横に振る。

「それだけではありません。あの方は、まず竜と戦っていた者たちを救い、さらに竜をとてつもない魔法で打ち倒した……賞賛に値すべきは彼です。私が礼を言うべきは彼です。あの方は私を始め多くの方を救った。とても、立派なお方でした」

皇帝の間がにわかにざわつきだす。

ネーレの話したことは、この場にいる誰もが信じられない出来事だった。

しかし、ヴィルタスはその言葉を黙って聞いていた。

ネーレが嘘を吐く意味がない。最近のアレクの動きと仲間を見れば、それもあり得ると判じた。

……アレクがそれなりの魔法を使うというのは初耳だがな。

アレクは闇の紋章持ちだから、たいした魔法は使えないはず。ネーレを護衛していた船団にいた部下からもそんな報告は聞いてない。そもそもアレクの部下は遠くの空にいたようだ。

単に、ネーレがアレクの部下の魔法をアレクのものと勘違いしただけか？　それとも謙遜しているだけか？　アレクは自分の功とは一言も口にしなかった。

アレクについての不可解な点が頭によぎる。まるで自分のことをなんでも知っているかのような言動。地位にしろ思考にしろ七歳にしてはあまりにも出来すぎている。

……何か、操られているとかか？

ただしアレクは自分を当てにしているようだった。自分が雇っていた魔族への対応を見るに、自分とも価値観が近い。

何を考えているかはいまいち読めない。とりあえずは様子見だな……。

一方でルイベルもネーレの言葉に聞き入っていた。アレクという名が、無関心だったルイベルを吸い寄せたのだ。真偽はともかく、アレクの名がでてくることが不快で堪らなかった。

皇帝はしばらく困惑するような顔だったが、すぐにこう話す。

「ね、ネーレ王女は本当にご立派な方だ。我が不肖の子を立ててくれるとは……いやあ本当に将来が楽しみだ！」

皇族や貴族たちもその言葉に首を縦に振る。

皆、ネーレが謙遜していると思ったのだ。

しかしネーレは至って真面目な顔で答える。

「不肖など……とてもご立派な方でした。ともかく、私は礼を受け取れません。それに、わがままを申し上げにきたのですから」

「おお、それもヴィルタスから聞いておる。すぐに帝都を発つと。そなたは客人、ワシに留める権限などない」

「本当に申しわけございません。特にヴィルタス皇子にはお世話役までお願い申し上げていたのに」

ヴィルタスは笑顔で返す。

「いや、ネーレ王女。どうかお気になさらず。帝国にはまたいつでも来られるとよろしい」

「うむ。ワシはいつでも歓迎する」

皇帝の言葉に、ネーレは再び頭を深く下げた。

そんなネーレを見て、皇帝は話題を変える。今から話すことが本題だった。

「本当によくできた子だ……時にネーレ王女。そなたに紹介しておきたい男がおってな。ワシの子のルイベルだ。【聖神】の紋章の持ち主でな」

王が視線を向けるルイベルに、ネーレは会釈する。

ルイベルはそれに何も答えないが、皇帝は機嫌の良さそうな顔で話を続けた。

「【海神】の紋章を持つそなたと同じ、七歳。何か不思議な縁を感じる。皆もそう思わぬか」

玉座の間の貴族たちは再び肯定するような言動をしてみせた。

皇帝はそうしてこの謁見での本題に入ることにした。

「リュクマール王はまだネーレ王女の婚約を結んでないと聞く。ここはどうかな。我が息子の中から選んでは？　親が決めることとはいえ、自分で決められるのなら、そうしたいであろう」

「そんな、私ごときが」

「遠慮するでない。良いと思った者を口にせよ。婚約を交わすのはリュクマール王の了解も要る。そなたはただ好みを口にすればいいのだ」

皇帝は隣に立つヴィルタスとルイベルに顔を向ける。

「【万神】を持つヴィルタスなども悪くはないが、特に【聖神】を持つこのルイベルは穏やかで優しくてな……どこに出しても恥ずかしくないと思っておる。他ももし希望があれば紹介するが」

誰もが、この世で最も尊い【聖神】の紋を持つルイベルを選ぶと思った。

もちろんヴィルタスが選ばれても皆不思議には思わなかった。【万神】も【聖神】に次ぐほどの力と権威を持っているし、ヴィルタスの美貌は宮廷の内外でも広く知られている。

だが、ネーレの口からは意外な名前が挙がった。

「不躾(ぶしつけ)を承知で申し上げるなら……私は、アレク皇子に興味を惹かれました」

一瞬にして皇帝の間が静まり返った。まさかアレクの名が挙がるとはと、皆耳を疑った。

皇帝も思わず聞き返す。

「……うむ？　よく聞こえなかったな」

「機会があれば、アレク皇子と一度お話だけでもと」

「あ、アレクか……アレク」

苦笑いを浮かべ皇帝はなんとか言葉を紡ぐ。

「ね、ネーレ王女は本当に立派な方だ。船で救助した者にここまで恩を感じるとは。婚約の件は、リュクマール王と話してみる」

「私ごときにもったいなきお言葉です。ですが、やはりアレク殿下には一言お礼を」

「そ、それには及ばん。それにたしかあやつは」

顔を向ける皇帝に、ヴィルタスは頷く。

「すぐに領地へ帰還すると申してました」

「そ、そうだった。あいつは奔放なやつでな。本当に困ったものだ、全く」

皇帝があわてて口にする中、ネーレは意外そうな顔で答える。

「そう、でしたか」

「うむ、だから会えぬ。それよりもこのあと、ワシとルイベルと共に食事でもいかがかな？」

「ありがたいお話ですが、すでに新たな船を手配しておりまして。申し訳ございません。こちらの贈り物も、私はとても受け取れません。どうかアレク殿下に」

ネーレは深く頭を下げた。

もはやネーレの意思は変わらないと皇帝は渋々首を縦に振った。

その後は儀礼的にリュクマール王からの書状が皇帝に引き渡され、謁見は終わった。

皇帝の間を後にするネーレ。

そんな中、ルイベルは手を震わせていた。

「アレク……」

大理石の空間で嫌というほど飛び交ったアレクの名が、ルイベルの小さな頭の中で木霊する。

アレク……アレク、アレク。

また、アレクだ。

ルイベルが衆目の前で醜態を晒した時、アレクは悪魔からルイベルを守った。アレクの配下は悪魔を倒した。

それから自分が部屋に引き籠っている間にも、アレクはこうして王女の興味を惹くほどの活躍をしてみせた。ネーレは自分など眼中になかった。

「なんで……」

自分が【聖神】を授かり、アレクが闇の紋を授かったことで全てが逆転するはずだった。

だが実際は逆転どころか、むしろ何もかもが引き離されていく。自分は何の活躍も出来ず、アレクが持つような部下など得られていない。

ルイベルにとってアレクはどんどんと遠い存在になっていった。

なんとかしなければいけない。あらゆる手を使って、この間違った状況が正されなければいけない。アレクは目で捉えられないほど遠く、はるか後方を俯いていなければいけないのだ。

「僕はあいつより強いんだ……」

ルイベルの口から、そんな言葉が漏れるのだった。

三十一話　拡大

夜のアルス島は、まるで昼間のような明るさだった。

俺たちは今、新たに眷属となった龍人の歓迎会を開いている。

広場の各所に置かれたテーブルの上には、肉や魚の丸焼きをはじめとしたごちそうが所狭しと並んでいた。

「さあさあ、食べろ！　いくらでも飯はあるからな！」

セレーナの声が響くと、歓声が返ってくる。主に鼠人の「チュー！」という声が。

「いやあ、こんなに腹いっぱい食べられるなんて……俺、アレク様の眷属になれてよかったっす!!」

椅子に座った鼠人のティアはナイフとフォークで器用に魚を食べていく。

ユーリも肉をフォークに刺して言う。

「当たり前になっちゃったけど、こんな美味しい肉が食べられるなんて、昔だったら信じられないわね」

「修道院じゃ、そもそも肉が出てくることが稀でしたし……あれ？」

ティカも肉を食べようとしたが、隣に座るネイトによって取られてしまったようだ。

争い合う二人を尻目にエリシアが俺に微笑む。

「それもこれも皆、アレク様のおかげですね」

「俺のおかげなんてそんな。皆が頑張ってくれたおかげだ」

俺は改めて広場の眷属たちを見やる。エリシアを始め、本当にたくさんの眷属が集まってくれた。

帝都に商会を持ち、船まで手に入れ、商売も軌道に乗ってきた。本当に絶好調だ。

「最初はあれだけ不気味で広く感じたアルスも、今じゃ少し狭く感じるな」

「本当にたくさんの仲間ができましたね」

ここにいるだけ千名以上……しかも、アルスだけでなく他の拠点でもパーティーを開いている。

たまに酔っ払った青髪族や鼠人が転移柱を通じてアルスにふらふらやってくるから、向こうでも相当盛り上がっているようだ。

再びセレーナの声が響く。

「ほらほら、龍人衆！　全然酒瓶が空いてないじゃないか！　今日はお前たちの歓迎会！　もっと飲むんだ！」

その声に龍人たちも少し遠慮がちに杯を掲げ、食事を口に運ぶ。

酒よりも食事に夢中……思ったより食べっぷりに遠慮がない龍人たちだ。

邪神龍の封印が解かれてから漁も満足にできなかったから、腹を空かせていたのだろう。仲間になってすぐ、他の眷属と共闘したのもあるかもしれない。

すると、向かい側に座っていた長い紫色の髪の美女——龍人のラーンが俺に頭を下げる。

「私たちのために歓迎会まで開いていただき、本当にありがとうございます。お礼というわけではないのですが、我らの主たるアレク様に受け取っていただきたいものがあるのです」

そう言ってラーンは立ち上がり、近くに置いてあった黒衣と布に包まれた物をこちらに運んでくる。俺の隣で跪くとまずは黒衣を差し出してきた。

「これは……」

受け取って確認してみると、服ではなく漆黒のフード付きのマントだった。

だがただのマントではない。どこか尋常ではない魔力を感じる。

「まさか」

「祖龍の髭で仕立てたものです」

「だけど、これはさっき龍人たちで使ってくれと」

ラーンは首を縦に振る。

「もちろん、私どもも使わせていただきます。ですが、我らの上に立つアレク様にもどうか身に纏っていただきたいのです。我らにとって祖龍は神にも等しい存在でした」

新しい主である俺に、その大事な存在の一部を身に付けてほしいということか。

全部ではなく一部……素直に受け取っておこう。

「……分かった。これは大事に使わせてもらうよ」

「ありがとうございます！　ぜひ、今着けてみてください」

俺はその言葉通りマントを受け取り、羽織ってみる。

ただの飾りではなく、全身を包み込める。雨風も防げるしっかりした作りだ。かといって見た目から感じるような重々しさはなく、とても軽く着心地が良い。

「おお、これはいいな！」

「気に入ってくださり何よりです！　……まあ、そもそもこちらはユーリ様が作ってくださったのですが」

ラーンが言うと、ユーリは俺を見て満足そうな顔で答える。

「いやいや、こちらこそ大事な形見を使わせてくれてありがとう。それにしても、アレク様にぴったしでよかった！　エリシアに聞いて正解だったわ」

「アレク様のことはなんでも分かっていますから……ふふ」

不敵な笑みを浮かべるエリシアに少し冷や汗が出るのを感じる。

ユーリは自慢げな顔で続けた。

「龍の髭はセレーナの炎でも焼けませんでしたし、相当な耐久度があるはずです！　あと、実はミスリルを細く糸状にしたものも編み込んで、魔導具仕様にしてます。アレク様の好きな魔法を付与することができますよ」

《隠形(ハイド)》や《闇壁(シャドウウォール)》など、状況に応じて付与できるわけか。

「それはありがたい」

「また身長が伸びてきたら調整しますね。それと、それだけじゃないんだよね、ラーン？」

ユーリは逸る(はや)気持ちを抑えられないといった様子だ。

「はい。こちらも」

ラーンは頷くと、布に包まれていた物を取り出す。

それは鞘入りの不思議な形をした刀剣だった。鞘から抜かれる刀身は優美な曲線を描いている。

「我ら龍人族に伝わる刀……その形をユーリ様に再現していただきました」

「おお……すごいな」

俺は刀を受け取り、よく観察してみる。不思議な紋様の入った刀身。武器というよりは最早美術品といっていい代物だ。

「しかも魔力が溢れるような……まさかこれも」

「はい。祖龍の角を使ってます」

ラーンが言うとユーリが補足するように説明する。

「邪竜の角と同様、加工できるみたいですね。でも、以前ローブリオンでアレク様の……お知合いが渡してくれた邪竜の角と比べると、えらく加工に時間が掛かっちゃって……強力な火の魔法が使えるセレーナがいたから溶かせたようなものです」

「いやあ、本当に骨のある奴でしたな。まるで生前の彼のようだった」

セレーナの声に、ラーンはこくりと頷く。

「祖龍も本望でしょう。強敵だったと思い出していただけるのですから……どうか、アレク様がお使いください」

「……ありがとう。だけど、なんというか使うには惜しいというか」

綺麗すぎて戦闘に使いたくない……。

そもそも俺は剣があまり上手ではない。それにまだ子供だし、扱うには少し長すぎるかも。

「そしたら……これはエリシアに使ってもらっても良いかな？」

「私に、ですか？」

「ああ。エリシアは剣技にも優れているし、俺が使うよりもこの刀を活かせるはずだ。もちろん、ラーンがいいならだけど」

俺の声にラーンは即座に首を縦に振る。

「もちろん私は構いません。エリシア様ほどのお方に使われるなら、祖龍も喜びます」

「ラーンさん……ありがとうございます。それでは大事に使わせていただきます」

ラーンにお辞儀をするエリシアに、俺は鞘に戻した刀を渡す。

エリシアは刀を受け取ると俺に向って言う。

「この刀で、これからも必ずアレク様をお守りいたします」

「ああ、よろしく頼む」

俺はこくりと頷くと、改めてラーンに顔を向ける。

「本当にありがとう、ラーン。この贈り物に見合うような男になるよ……どうか、これからもよろしく頼む」

「ははっ」

ラーンと周囲の龍人たちは俺に頭を下げた。

セレーナはそんな龍人たちを見て、愉快そうな顔で声を上げる。

「いやあ！　しかし新たな仲間が加わって本当に良かった。これからは皆で力を合わせアルスの開発を進めていこう！　大陸側のティアルス州の調査も始めるぞ！」

その言葉に他の眷属たちもおうと応える。

「ミスリル以外の魔鉱石も眠っているって話だしね。楽しみ」

ユーリの言う通り、ティアルス州にはまだまだ魔鉱石が埋蔵しているはずだ。大陸側の調査や開発もやはり進めたいところだ。

「俺も手伝うよ。魔鉱石の鉱床といい、ティアルスには気になる場所がいっぱいあるからな」

「ありがたいですが、アレク様はどうかご自由になさってください！　ティアルスの統治は、代官であるこのセレーナにどんとお任せを！」

セレーナの声に、ユーリがうんうんと頷く。

「あちこち行っていれば、将来のお嫁さんが見つかるかもしれないしね」

「アレク様にはまだそういった話はお早いのでは……」

ラーンがそんなことを言ってくれた。

よかった……ラーンは常識がありそうだ。

だが、エリシアはそんなラーンをジト目で見る。

「ラーンさん。自分がアレク様のお嫁になろうとか……そんなことは思ってないですよね？」

「ま、まさか！　そ、それは、アレク様が大きくなられたらもちろん可能性はありますけど」

「可能性……下心がなければそんな言葉は出てこないはずですが」

ラーンに顔を近づけるエリシア。

ユーリが呆れたような顔で言う。

「まったく、勝手なこと言っちゃって。さっきの話だとアレク様には、好きな子がいるんでしょ」

それを聞いたエリシアはええと少し嬉しそうに頷く。

「ユリスのことか？　俺は別にユリスのことは……」

たしかに気にはなる……俺のせいで婚約者になってしまったようなものだし。最近の行動も予想外だった。

エリシアが興味津々といった顔で聞いてくる。

「せっかくですし、ユリスさんについて何か聞かせていただけませんか？」

「といってもな……」

やり直し前も別にユリスと何かあったわけじゃないし……むしろ、紋章を授かって以降、本当に何の接点もなかった。

しかしエリシアたちは何かあるはずだと、にやにやとこちらを見ている。

「本当に何もないよ……お前たちこそどうなんだ？　帝都やらローブリオンで気になる異性ぐらい」

「私たちは、アレク様だけです！」

エリシアたちは声を揃えて言った。

冗談とかお世辞ではなく、本気の目だ……。

「ま、まあ、いつか現れるだろう……そんなことより、皆食べる手が止まっているぞ。せっかく

買ったごちそうだ。食べないともったいない。皆ももっと食べてくれ」

俺の声に、周囲の眷属たちがおうと応えくれた。

皆がさらに盛り上がる中、頭の中の悪魔の声が響く。

(空を飛ぶ眷属も増えたし、大都会の拠点もゲット……しかも金もたんまり手に入った！　私の王国建国は順調ね！)

(言い方……)

とはいえ、たしかに順調だ。眷属を食べさせていけるか心配する必要は、もう必要ないだろう。

これからはよりよい暮らしを追求していけばいい。

闇魔法をさらに極め、魔導具を作っていく。今回ラーンたちを眷属にしたことで、俺はさらに風属性の魔法までも使えるようになった。それをも使えるようになれば、さらにこのティアルスを発展させたり、より多様な魔導具を作れるようになる。

(楽しみだな……)

(ええ……！　競馬場を造るのも夢じゃないわ！)

アルスに造れるかは分からないが、ティアルスへ進出できれば可能かもしれない。

(これからも頑張るとしよう)

その後も夜遅くまで歓迎会は続いた。龍人たちも他の眷属と打ち解け、ますますアルスは賑やかになるのだった。

あとがき

作者の苗原一です！

この度は『嫌われ皇子のやりなおし』二巻を読んでくださり、誠にありがとうございます！

また、一巻から読んでるよ！という方。こうして二巻を出せましたのも、皆さまのおかげです。本当にありがとうございます！

二巻は一巻とは違って、アレクは自分が好きにできる場所を持った状態でした。

ですがアレクの父と弟のせいで、いまだ完全に自由を得たとは言えない状況。アレクが帝都に来た結果として、弟君は恥を晒しましたが……

力を削がれた至聖教団も今度ともアレクの邪魔になりそうです。

一方で二巻はアレクの拠点がさらに増えました！　何かと便利であろう帝都の大通りに、立派な商館を得られたのです。

現実でも、いつも使うような場所に転移できるといいなあとよく思いますね……もちろん、どこにでも瞬間移動できるのが一番便利なのでしょうが、隠れた場所に転移できるスポットがあるのも秘密基地間があっていいなと……。

皆さんはもし作中のように瞬間移動できる地点を、一つだけ作れるなら、どこに作るでしょうか？

私なら、富士山の頂上とか景色の良い場所にしたいですね。実用性を考えるならやはり自宅なんでしょうが……それでは味気ないので。

作品に話を戻すと、アレクは今後ともこういうのあったらいいなというアイテムや設備を作っていくのだと思います。

自分が欲しいものはもちろん、眷属が増えれば眷属からのリクエストにも応えるのだと。新たに眷属となったラーンたちは他の眷属と生活様式が違ったので、アレクも驚くようなものが作られそうです。

アイテムで言えば、今回、アレクは眷属以外の者に魔導具を渡しました。受け取ったのはユリスですね。

闇魔法への耐性のあるアイテムですから、ユリスの計画にも影響を与えそうです。

一巻終了時よりもさらに自由になったアレク。今後ともアレクの開拓と開発、そして成長を見守っていただければ幸いです！

さて、そろそろ謝辞を。

こうして二巻を出せましたのも、一巻から引き続きご尽力いただいた編集さんのおかげです！

今回もWEB版から助言をいただき修正や加筆をしましたが、一巻同様作品としても作者としても大幅にレベルアップしました！

イラストを担当くださった高峰ナダレ先生にも、一巻に引き続き大変素敵なイラストを描いていただきました！　ラーンですが、ドラゴン形態も人間形態も本当に可愛らしく……いつかフィギュアとか欲しいなと思ったり！

　また、コミカライズを担当くださっている阿部花次郎先生にも感謝申し上げます。

　各キャラを可愛らしく描いてくださり、コミカルな場面も多く、いつも面白く原稿を読ませていただいてます。こちらの小説版を読んでくださった方、どうかコミック版もご覧いただけると嬉しいです！（コミックから興味を持って小説版を読んだという方も、本当にありがとうございます！）

　校正の方や本作に携わってくださった全ての方にも感謝申し上げます。

　そして本作を手に取ってくださった方、本当にありがとうございました！　どうか三巻でも皆様とお会いできることを願っております！

　それでは皆様、お元気で！

電撃の新文芸

嫌われ皇子のやりなおし2
～辺境で【闇魔法】を極めて、最強の眷属と理想の王国を作ります～

著者／苗原 一
イラスト／高峰ナダレ

2023年6月17日　初版発行

発行者／山下直久
発行／株式会社ＫＡＤＯＫＡＷＡ
〒102-8177　東京都千代田区富士見2-13-3
0570-002-301（ナビダイヤル）
印刷／図書印刷株式会社
製本／図書印刷株式会社

【初出】

本書は、小説家になろうに掲載された『嫌われ皇子のやりなおし～あえて嫌われている闇魔法を極めたら、いつの間にか最強になっていた～』を加筆、訂正したものです。
※「小説家になろう」は株式会社ヒナプロジェクトの登録商標です。

ISBN978-4-04-914928-9　C0093　Printed in Japan

ファンレターあて先
〒102-8177
東京都千代田区富士見2-13-3
電撃の新文芸編集部

「苗原 一先生」係
「高峰ナダレ先生」係

チュートリアルが始まる前に

ボスキャラ達を破滅させない為に俺ができる幾つかの事

著／髙橋炬燵
イラスト／カカオ・ランタン

この世界のボスを"攻略"し、
あらゆる理不尽を「攻略」せよ!

目が覚めると、男は大作RPG『精霊大戦ダンジョンマギア』の世界に転生していた。しかし、転生したのは能力は控えめ、性能はポンコツ、口癖はヒャッハー……チュートリアルで必ず死ぬ運命にある、クソ雑魚底辺ボスだった！ もちろん、自分はそう遠くない未来にデッドエンド。さらには、最愛の姉まで病で死ぬ運命にあることを知った男は——。

「この世界の理不尽なお約束なんて全部まとめてブッ潰してやる」

男は、持ち前の膨大なゲーム知識を活かし、正史への反逆を決意する！ 『第7回カクヨムWeb小説コンテスト』異世界ファンタジー部門大賞》受賞作！

元シスター令嬢の身代わりお妃候補生活
～神様に無礼な人はこの私が許しません～

著／狭山ひびき
イラスト／しんいし智歩

神様大好きパワフルシスターの、自由気ままな王宮生活がはじまる！

　敬虔なシスター見習いとして、修道院で日々働く元気な女の子・エルシー。ある日突然、小さい頃に彼女を捨てた傲慢な父親が現れ、エルシーに双子の妹・セアラの身代わりとして王宮で暮らすよう要求する。

　修道院を守るため、お妃候補の一人として王宮へ入ることになってしまったエルシー。しかし女嫌いな国王陛下は温室育ちな令嬢たちを試すように、自給自足の生活を課してきて……!?

物語の黒幕に転生して

～進化する魔剣とゲーム知識ですべてをねじ伏せる～

著／結城涼
イラスト／なかむら

超人気Webファンタジー小説が、ついに書籍化！
これぞ、異世界物語の完成形！

世界的な人気を誇るゲーム『七英雄の伝説』。その続編を世界最速でクリアした大学生・蓮は、ゲームの中に赤ん坊として転生してしまう。赤ん坊の名は、レン・アシュトン。物語の途中で主人公たちを裏切り、世界を絶望の底に突き落とす、謎の強者だった。驚いた蓮は、ひっそりと辺境で暮らすことを心に決めるが、ゲームで自分が命を奪うはずの聖女に出会い懐かれ、思いもよらぬ数奇な運命へと導かれていくことになる——。

電撃の新文芸

Unnamed Memory Ⅰ

青き月の魔女と呪われし王

著／古宮九時
イラスト／chibi

読者を熱狂させ続ける
伝説的webノベル、
ついに待望の書籍化!

「俺の望みはお前を妻にして、子を産んでもらうことだ」
「受け付けられません！」
　永い時を生き、絶大な力で災厄を呼ぶ異端――魔女。強国ファルサスの王太子・オスカーは、幼い頃に受けた『子孫を残せない呪い』を解呪するため、世界最強と名高い魔女・ティナーシャのもとを訪れる。“魔女の塔”の試練を乗り越えて契約者となったオスカーだが、彼が望んだのはティナーシャを妻として迎えることで……。

電撃の新文芸

煤まみれの騎士 I

どこかに届くまで、
この剣を振り続ける——。
魔力なき男が世界に抗う英雄譚！

　知勇ともに優れた神童・ロルフは、十五歳の時に誰もが神から授かるはずの魔力を授からなかった。彼の恵まれた人生は一転、男爵家を廃嫡、さらには幼馴染のエミリーとの婚約までも破棄され、騎士団では"煤まみれ"と罵られる地獄の日々が始まる。
　しかし、それでもロルフは悲観せず、ただひたすら剣を振り続けた。そうして磨き上げた剣技と膨大な知識、そして不屈の精神によって、彼は襲い掛かる様々な苦難を乗り越えていく——！
　騎士とは何か。正しさとは何か。守るべきものとは何か。そして彼がやがて行き着く未来とは——。神に棄てられた男の峻烈な生き様を描く、壮大な物語がいま始まる。

著／美浜ヨシヒコ
イラスト／fame

電撃の新文芸

国王である兄から辺境に追放されたけど平穏に暮らしたい
～目指せスローライフ～

著／おとら
イラスト／夜ノみつき

グータラな王弟が追放先の辺境で紡ぐ、愛され系異世界スローライフ！

現代で社畜だった俺は、死後異世界の国王の弟に転生した。生前の反動で何もせずダラダラ生活していたら、辺境の都市に追放されて――!?　これは行く先々で周りから愛される者の――スローライフを目指して頑張る物語。

電撃の新文芸